U0684911

全椒古代典籍叢書

# 金和集 1

〔清〕金和 撰

政協全椒縣委員會 編

國家圖書館出版社

圖書在版編目(CIP)數據

金和集:全四册 /(清)金和撰;政協全椒縣委員會編. —北京:國家圖書館出版社,2020.11

(全椒古代典籍叢書)

ISBN 978-7-5013-6965-2

Ⅰ.①金… Ⅱ.①金… ②政… Ⅲ.①古典詩歌—詩集—中國—清代 Ⅳ.①I222.749

中國版本圖書館CIP數據核字(2020)第017948號

國家圖書館出版社
官方微信

書　　名　金和集(全四册)
叢 書 名　全椒古代典籍叢書
著　　者　(清)金和　撰　政協全椒縣委員會　編
責任編輯　張愛芳　張慧霞　司領超
封面設計　徐新狀

出版發行　國家圖書館出版社(北京市西城區文津街7號　100034)
(原書目文獻出版社　北京圖書館出版社)
010-66114536　63802249　nlcpress@nlc.cn(郵購)
網　　址　http://www.nlcpress.com
排　　版　中睿智成(北京)科技有限公司
印　　裝　北京華藝齋古籍印務有限公司
版次印次　2020年11月第1版　2020年11月第1次印刷

開　　本　710×1000　1/16
印　　張　65.5
書　　號　ISBN 978-7-5013-6965-2
定　　價　1200.00圓

## 《全椒古代典籍叢書》學術委員會



## 《全椒古代典籍叢書》編審指導委員會

## 《全椒古代典籍叢書》編纂委員會



## 《全椒古代典籍叢書》出版委員會

# 總序

皖東全椒，地介江淮，壤接合寧，古爲吴楚分野，今乃中部通衢，建置歷史悠久，文化底蘊深厚。據《漢書·地理志》載，全椒於漢高祖四年（前二〇三）置縣，迄今已逾二千二百二十年。雖屢經朝代更替，偶歷廢易僑置，然縣名、治所乃至疆域終無巨變。是故國史邑乘不絶筆墨，鄉風民俗可溯既往，遺址古迹歷然在目，典籍辭章卷帙頗豐。

有唐以降，全椒每以文名而稱江淮著邑。名臣高士時聞於朝野，文采風流廣播於海内。本邑往哲先賢所撰經史子集各類著作并裒輯之文集，於今可考可見者，凡數百種一百七十餘家。其年代久遠者，如南唐清輝殿學士張洎之《賈氏譚録》、宋代翰林承旨吴幵之《優古堂詩話》《漫堂隨筆》；其聲名最著者，如明代高僧憨山大師（釋德清）之《憨山老人夢游集》、清代文豪吴敬梓之《儒林外史》； 至於衆家之鴻篇巨制、短編簡帙，乃至閨閣之清唱芳吟，舉類繁複，不一而足。 又唐代全椒鄉賢武后時宰相邢文偉，新舊《唐書》均有其傳，稱以博學聞於當朝，而竟無片紙傳世，諸多文獻亦未見著録其作； 明代全椒鄉賢陽明心學南中王門學派首座戚賢，辭官歸里創南譙書院，經年講學，名重東南，《明史》有傳，然文獻中唯見其少許佚文，尚未見輯集。 凡此似於理不合，贅言書此，待博見者考鏡。

雖然，全椒古爲用武之地，戎馬之鄉，兵燹頻仍，紳民流徙，兼之水火風震，災變不測，致前人之述作多有散佚。 或僅見著録下落不明，或流散異鄉束之高閣，且溯至唐代即疑不可考，搜於全邑亦罕見一帙……倘任之如故，恐有亡失無徵之虞，亟宜博徵廣集，歸整編次。前代鄉先輩未嘗不欲求輯以繼往開來，然薪火絶續，非唯心意，時運攸關。

今世國運昌隆，政治清明，民生穩定，善政右文，全民呼應中華民族復興，舉國實施文化强國戰略。 全椒縣政協準確把握時勢，以傳承發展中華優秀傳統文化爲己任，於二〇一七年發軔擔綱編纂《全椒古代典籍叢書》，獲全椒縣委、縣政府鼎力支持，一應人事財力，適時調度保障。二〇一八年十月，古籍書目梳理登記及招標采購諸事宜甫定，即行實施。

是編彙集宋初至清末全椒名卿學士之著述，兼收外埠選家裒集吾邑辭章之文集，宦游者編纂他邑之志書則未予收録。爲存古籍原貌，全套影印成册。所收典籍底本，大多散落國内各省市、高校圖書館及民間收藏機構，或流落海外，藏於日英美等異邦外域。若依文獻目録待齊集出版，一則耗時彌久，二則亦有存亡未定者，恐終難如願。爲搶救保護及便於閲研討，是編未按經史子集析分門類，而以著述者個人專題分而輯之，陸續出版。著多者獨自成集，篇短者數人合集，多則多出，少則少出，新見者續出。如此既可權宜，亦不失爲久遠可繼之策。全椒古籍彙集編纂，史爲首舉。倉促如斯，固有漏失，非求急功近利，實乃時不我待。拾遺補闕，匡正體例，或點校注疏，研發利用，唯冀來者修密，後出轉精。

賴蒙國家圖書館出版社承影印出版之任，各路專家學者屬意援手，令尋訪古籍、採集資料、版本之甄别、編纂之繁難變而稍易。《易》曰：『二人同心，其利斷金。』君子共識而遇時，其事寧有不濟哉？

文化乃民族之血脉，典籍乃傳承之載體。倘使吾邑之哲思文采，燭照千秋，資鑒後世，則非唯全椒一邑獨沾遺澤，亦可忝增泱泱中華之燦爛文明以毫末之光。編次伊始，略言大要，勉爲是序。全椒末學陸鋒謹作。

《全椒古代典籍叢書》編纂委員會

二〇一八年十月

# 前言

在晚清的全椒詩壇上有一位著名詩人，梁啓超評價其『意境、氣象、魄力，求諸有清一代未睹其偶』，并贊許他『元氣淋漓，卓然稱大家』。胡適則認爲他的詩『很有革新的精神』，『能在這五十年的詩界裏占一個很高的地位』。這位詩人的詩伴隨著晚清戰亂，頗有杜詩的離亂之感。梁、胡二人的評價實質上也正是著眼於其『詩史』的特徵，這在全椒歷代詩壇的發展中并不多見。這就是祖籍全椒、後遷至上元的晚清詩人金和。

金和（1818—1885），字弓叔，一字亞匏，江蘇上元（治今南京）人，祖籍全椒。目前有關金和的研究多有涉及金氏家族遷徙問題，但從未提及其與全椒之關係。據［民國］《全椒縣志》卷九所載：『邑（全椒）吴氏其（金和）母家也，故歲恒數至，寓居纍月，於吴氏事最悉。』由此可見，因爲其母乃全椒吳氏之女，已足可證其與全椒之淵源。更何况，在金和的一生當中或探親、或訪友、或躲避戰亂，數次寓居母家，與全椒各大家族及文人階層早已融爲一體。金和還家藏一部《儒林外史》，因其傳本極少，便與薛時雨商議出資刊刻，并爲之作注。有學者認爲，金和之母乃全椒吳檠之孫女。儘管現存史料無法坐實，但從此一事，當可窺見金和與全椒吳氏家族之密切關係。

清咸豐三年（1853）二月，因爲太平軍攻陷南京城，時在金陵的金和四處奔波獻策，可惜其計無人采納。悲憤而又絶望的金和想起了全椒故家『桑根舊戚，恩重踰山』，并將咸豐三年二月至次年二月詩集的名稱定爲《椒雨集》，可見不論身處何地，金和仍然眷戀故土全椒。金和祖上由松江遷宛平，六世祖金抱因官遷居南京，時在清順治六年（1649）。高祖、曾祖兩代皆爲顯宦，至祖、父兩代家道中落。金和之父因未中進士，四處行商，其母便寄居在全椒娘家，金和也誕生在這裏，直到九歲纔返回南京。

清道光十八年（1838），金和入兩江總督陶澍所建惜陰書院并肄業，期間受學於馮桂芬、胡培翬諸大家，學業大進，惜不能受科舉程式之窠臼，終其一生未能取得功名。太平軍攻陷南京之後，金和主潛逃出城，前往江南大營向榮處，主動報告城内虚實，希望内外策應，然計策未能見納，又與同學蔡琳、孫文川等組織團練，也因爲時人阻撓宣告失敗。在這一過程中，金和經歷了子殤、母卒、女亡等人間苦痛，可謂一時之間家破人亡。

咸豐四年（1854），金和出館泰州陸府。六年（1856），館於松江劉氏，是年冬，復應史保悠之聘，佐厘捐局於東壩。十年（1860），廣東高明知縣召爲幕僚。清同治二年（1863）入惠潮嘉分巡道鳳安幕。六年（1864），鳳安病卒，太平天國兵敗，遂舉家北還。同治十二年（1873）後，金和又外出謀生，入唐廷樞上海招商局，境况不佳，晚景淒凉。清光緒十一年（1885），次子金還鄉試得中，金和終於在慘淡的晚年看到一絲希望。也就在此年秋冬之際，金和因病去世。

金和的一生經歷了兩次鴉片戰争、太平天國運動等重大歷史事件，對於世道人心有著深刻的揭露和無情的鞭撻。個人的遭遇，國家的命運，在金和的筆下被刻畫的栩栩如生。他的愛國思想以長篇敘事詩的形式表現出來，至爲動人。同時詩歌中的諷刺藝術，也給讀者留下了深刻印象，是嬉笑怒駡的絶好範例。金和的詩因其明白曉暢、尖刻犀利在晚清的詩壇産生了極大的震蕩。一百多年來，不斷有人閲讀、研究金和的詩作，從中汲取奮發的精神與愛國的情操。金和早期的詩作散失殆盡，後被補記成《然灰集》，居粤期間詩作被家人誤焚，後被補記成《南棲集》。光緒十八年（1892），金和好友束允泰囑譚獻選其詩爲六卷本《來雲閣詩稿》。民國五年（1916），金和二子復刻束之舊本，加入詞鈔及文鈔，乃成《秋蟪吟館詩鈔》。

《金和集》收金氏著作九種，分别爲《然灰集》《椒雨集》《殘冷集》《壹弦集》《南棲集》《奇零集》《壓帽集》《來雲閣詩稿》《秋蟪吟館詩鈔》，其中《秋蟪吟館詩鈔》兼收稿本與刻本，可謂金氏著作之完璧矣。上海古籍出版社曾於二〇一二年出版整理本《秋蟪吟館詩鈔》，所用底本精善，校勘審慎。此次影印保留了古籍原貌，應當是研究金和的第一手資料。此次編纂因爲各種原因，還存在這樣那樣的問題，《金和集》出版在即，我們懇請學術界同仁嚴格審讀并提出寶貴意見。

《全椒古代典籍叢書》編纂委員會

二〇二〇年十一月二十日

# 凡例

一、本集凡九種文獻，成書四册，乃金和著述合集。

二、其中《來雲閣詩稿》和《秋蟪吟館詩鈔》均含有《然灰集》《椒雨集》《殘冷集》《壹弦集》《南棲集》《奇零集》《壓帽集》七種，遂不再單獨贅述這七種提要。

三、《來雲閣詩稿》爲金詩合集最早刊本，冠於全集之首。

四、《秋蟪吟館詩鈔》版本衆多，今兼收七卷刻本及八卷稿本，供學界比勘。

五、本集所收各書，另撰提要置於全書之前。

# 總目録


**第一册**

來雲閣詩稿六卷（卷一—四）（清）金和撰　清光緒十八年（1892）刻本……一

**第二册**

來雲閣詩稿六卷（卷五—六）（清）金和撰　清光緒十八年（1892）刻本……一

秋蟪吟館詩鈔七卷（卷一—四）（清）金和撰　民國五年（1916）刻本……一〇五

## 第三册

秋蟪吟館詩鈔七卷（卷五—七）（清）金和 撰 民國五年（1916）刻本……一
秋蟪吟館詩鈔八卷（卷一—二）（清）金和 撰 稿本……一八五

## 第四册

秋蟪吟館詩鈔八卷（卷三—八）（清）金和 撰 稿本……一

# 提要

## 一、《來雲閣詩稿》

《來雲閣詩稿》六卷，清光緒十八年（1892）刻本，清金和撰。此書刊於清光緒十八年春，乃丹陽束允泰家刻。金、束二人交往至契，乃囑譚獻選爲一册。卷首有譚獻《來雲閣詩序》及束氏所撰《金文學小傳》。中有《然灰集》《椒雨集》《殘冷集》《壹弦集》《南棲集》《奇零集》《壓帽集》七種。是書以編年各爲一集，收録清道光十八年（1838）訖光緒十一年（1885）間所作詩文，乃金氏詩集首次全面結集，此前之《然灰集》《南棲集》嘗刊刻，亦收入其中。此集亦爲民國《秋蟪吟館詩鈔》之祖本。

## 二、《秋蟪吟館詩鈔》

《秋蟪吟館詩鈔》七卷，民國五年（1916）刻本，清金和撰。此本即世所謂梁氏精校本也。封面有民國四年陳寶琛題簽，扉頁有鄭孝胥題寫書名。卷首有譚獻、馮煦、梁啓超諸家序及譚獻小傳。卷末則附陳衍及其子金還跋語。《然灰集》收清道光十八年（1838）至清咸豐二年（1852）間詩作。《椒雨集》收咸豐三年（1853）二月至四年（1854）二月間所作詩文。《殘冷集》收咸豐四年八月至六年（1856）十月間旅居泰州、清河、松江時所作詩。《壹弦集》收咸豐六年十月至九年（1859）冬赴杭州時所作詩。《南棲集》收咸豐十年（1860）閏三月之後南下避於潮州時所作詩。《奇零集》收清同治六年（1867）至清光緒十一年（1885）間諸詩。《壓帽集》因金和愛歐陽脩『酒黏衫袖重，花壓帽檐偏』一語，故名爲『壓帽集』。此集之名乃金氏生前自題，後諸集毁於兵燹，不復有全集矣。殆束本之後，金氏二子復刻其集，仍以前名命之。此集經吳昌綬、章鈺諸家審定，較前本更爲精當。

## 三、《秋蟪吟館詩鈔》

《秋蟪吟館詩鈔》八卷，稿本，清金和撰。是集《中國古籍善本書目》著録。是書前有『乙卯二月梁啓超校讀』題記，馮桂芬、張紫禾清咸豐十一年（1861）跋，卷三末存瑞徵、陸光祖題識。鈐有『商輅』『張叚私印』『苟全性命於亂世』『臣桂芬印』等印。《椒雨集》至後附《壓帽集》以小楷手書，與國家圖書館所藏孫文川《讀雪齋詩集》稿本卷首題詩對校，確爲金氏親筆無疑。自《南棲集》始爲行書，疑爲他人手抄。《奇零集》僅録詩兩首，以下闕如。此稿本較刻本存詩尤多，次序亦可校刻本。作而復改，可見作者之心曲。其詩多有注解，亦可補時地典故之缺。

# 第一册目録

來雲閣詩稿六卷（卷一—四）（清）金和 撰 清光緒十八年（1892）刻本……一

(清)金和 撰

# 來雲閣詩稿六卷(卷一—四)

清光緒十八年(1892)刻本

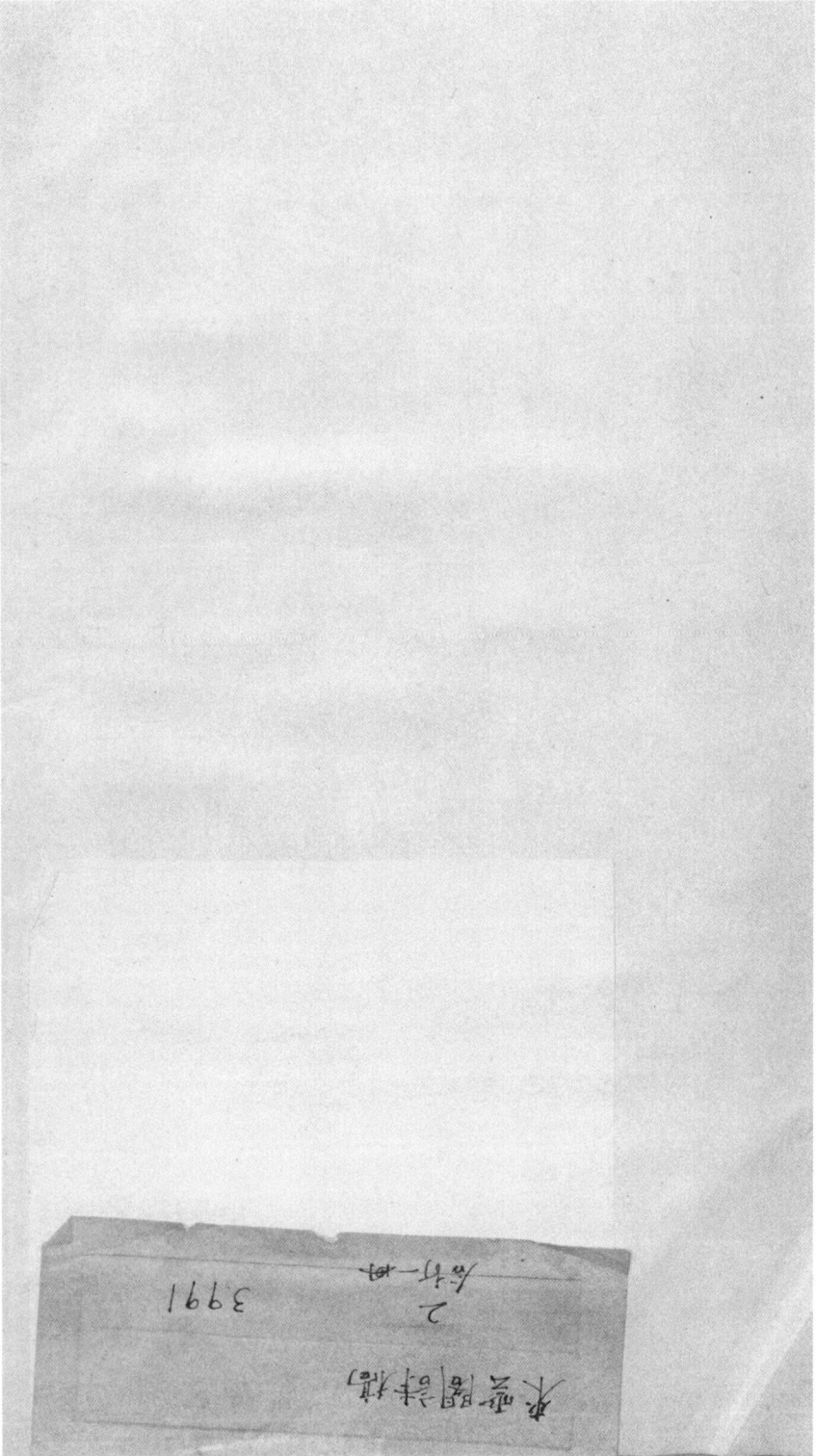

来雲閣詩稿

光緒壬辰春月

丹陽束氏栞板

# 來雲閣詩序

聞之全椒薛先生曰亞匏振奇人也至性人也晚無所遇而託於詩光緒初元乃與君相見于盔山君時已倦游少年抑塞磊落之氣殆盡而同氣猶相求也造訪逆旅密坐傾衿予蓋習聞金陵義士翻城之盟微叩之君蹙頞不欲盡其辭清言談藝踰晷而別固未得讀其詩也獻竊聞之詩有風有雅則有正有變廟堂之製雝容揄揚箸後嗣者正雅尚已天人遷革三事憂危變雅之作用等諫書流而爲春秋家者非無位者之事若夫形四方之風長言永歌政和安樂者有之既不獲作息承平之世兵刃死亡非徒聞見而已蓋身親之甚

而式微之播遷兎爰之傷敗淸人之翺翔黍離之顚覆不自我先不自我後則夫悲歌慷慨至於窮蹙酸嘶有列國變風所未能盡者亞匏之詩云爾大凡君之淪陷之鮮民之乞食一日茹哀百年怨痛情動於中而形於言於我皆同病也風之變變之極者所謂不得已而作也君終焉放廢不復能以變雅當諫書春秋紀衰亦布衣者所竊取君蕉萃老死不再相見令從東季符令君得讀君詩散佚而後尚數百篇跌蕩尙氣所謂振奇者在是纏緜婉篤所謂至性者在是昔者羣盜竄穴金陵者十二年賢人君子出於坎窞予所識如田君鼎臣管君小異皆嘗雪涕嚼齒言當日情事如君之詩至若

張義士炳垣尤曠代之奇烈獻追哀以詩差於君詩爲笙磬矣今者南國江山重秀再清風人涕淚盪爲煙埃而君已死不復歌舞爲太平之民然而君固達微之君子尚在人間猶將繼山樞蒹葭之音未能忘情於當世也

光緒十有八年歲在壬辰暮春之月既望譚獻撰

[illegible]中行人年歲在壬辰春暮之月[illegible]書於[illegible]

詩[illegible]出[illegible]華的改[illegible]未能[illegible]詩成[illegible]世也

不復[illegible]與[illegible]大平之思[illegible]詩[illegible]章[illegible]以四十而在人間[illegible]

矣今吾南國江山運天[illegible]有人[illegible][illegible]過家[illegible]君已[illegible]

張[illegible]士[illegible][illegible]大之詩[illegible]又[illegible]之詩[illegible][illegible]

金文學小傳

予既爲蔡君紫函家傳並刻其詩若干首既又刻金君亞匏來雲閣詩蓋予因蔡君得交金君申以婚姻之好三人者朝夕見交相善也金君放情詩酒跌宕自喜近於狂蔡君束脩自好近於狷予錄錄無所短長不敢望兩君萬一而兩君顧不棄予蔡君甫補官而沒金君不得志亦潦倒而亡今獨余存耳後死之責予不敢忘於是又爲金君傳案君諱和字弓叔亞匏其別字也行三亦上元人增生父某早卒母教之嚴君遂能自立以學行聞於時尤長詩古文辭操筆立成不加點時藝才氣壯盛不拘拘一格長篇滔滔千餘言短或寥寥

三數百言終不求合程式用是擯斥終其身好聲色狎妓縱酒一飲輒數斗同座不能飲者百端説之必盡醉乃已癸丑江甯失守陷於賊衣短後衣與賊兵時轟飲醉則雜卧酒甕側相爾汝因此頗探悉賊情久之遂與結納謀内應諸生張繼庚者其妻從弟也亦陷賊中與君合謀君既與賊稔出入城闉無所問時向忠武駐兵城外過賊鋒軍容甚盛君孑身叩營門以情告未諾遽慨然請以身質時君家猶在賊中也使人潛與繼庚約從之者頗衆既定期官兵不至再約又不至賊遂知備城閉樹竹木爲柵其黨斬關不能出爭上城殺賊賊大至殲焉君以爲質得脱君妻亦棄其女攜姪女潛出

城往依外家於全椒時蔡君在丹陽糧臺糧臺委員某因蔡君求爲二子師君應聘至丹陽糧臺總辦觀察高公雅重君留逾月及之館某不能窺君所學有違言君遂辭去嵩陸公建瀛之總制兩江也嘗延君課其子鍾江讀鍾江時宦粵聞君耗遣使來迎君挈眷至廣南已而鍾江卒於官適關道某公京師來用蔡君薦禮君爲上客幕中事一以畀之至則皆立辦兵刑錢穀洋務不學而能江南平攜家以歸出槖中金縱博在粵時館穀豐腆至是揮豁殆盡復出遊希所遇子方宰鎮海迓之來趣自定詩文槀成蘭陵女兒行一篇唐觀察景星自滬具函來招君觀察粵人知君才時辦招商局欲倚

以集事也自是留海上者有年至乙酉秋而没次子還舉於
鄉君及見其報捷云子三長遺廪生妾汪出優於才而不事
生産有父風次還爲予女夫嫡張出會試挑取謄録以知縣
用三閏通妾鍾出幼聰穎鍾教之讀甫五齡能背誦唐人小
詩一夕病忽仰首曰舉頭望明月低頭思故鄉君訝其不祥
未幾果夭君在糧臺時一日過蔡君求友蔡君曰此閒惟東
某可交耳自是與予密略如蔡君蔡君没君爲序其詩反覆
太息於蔡君之窮慨其文之不傳於後而僅僅有此詩今君
宿草巳久舍此亦無以見君矣則君之太息不平於地下者
又當何如而謂予能巳於言乎噫

光緒乙未仲秋丹陽束允泰

三

# 來雲閣詩卷一

上元金和亞匏

## 然灰集

余存詩斷自戊戌凡十五年至壬子得詩二千首有奇癸丑陷賊後倉黃伺閒僅以身免敝衣徒跣不將一字流離奔走神智頓衰舊時肄業所及每一傾想都如隔世而況此自率胸臆之詞乎顧以平生結習酒邊枕上或復記憶一二輒錄出之然皆寥寥短章觀聽易盡其在閎裁鉅製雖偶有還珠大抵敗鱗殘羽情事已遠歌泣俱非欲續鳧脛祗添蛇足而已故不敢為也久之亦

得若干首昔韓安國之言曰死灰不能復然乎余今之寵余詩則旣然之矣知不足當大雅抑聊自奉也因名之曰然灰集

## 五言古

### 雜詩之一

瀚海路雖廣其爲南北岸必有地在焉人自望而歎恆河沙雖多其爲億億萬必有數在焉人自短於算所貴爲其難大力鮮疑憚盟以金石心百歲如一旦縱無速化期所得亦過半世有眞勇者當不謂河漢

余舊詠始皇有句云功罪一家都是火盆焚山澤政焚

書兄荷生聞之曰政非益子孫也復作長篇解之

唐虞有五臣出身皆草莽上帝監其德迭以天下奬益爲皋陶子嬴姓大功兩姬籙既漸衰秦受命如嚮用兵數百年勠力作君長六王已鯨吞乃忽設奇想欲盡愚黔首默默聽刑賞畢收前聖書一炬入羅網諸儒並阬之寃魄訴泉壤禹湯文周孔怒排惡氛上翩然來帝旁乞罪意鞅鞅謂彼無道秦流毒及吾黨帝顧益曰吁禍實自汝昉當時烈山澤火官女所掌子孫竊餘燄敢作此魍魎益拜手對曰臣宗久被攘今茲虐者政遺體是奸駔春秋典臣祀非類臣不享帝儻降之罰請以龍族往赫赫赤帝子火雲起芒碭

送葉生之廣西

諸葛垂大名小心僅自許唾面必拭之婁公怒其語由來謙與謹君子擇所處生今初出門萬里通縞紵詩書家教深少小富才諝豈知大紕繆與世甘齟齬所恐氣太盛隨事作豪舉羣兒齷齪多揮叱本易與坐此膽愈麤一旦賢者拒相輕不相下乃以傲名汝戒雖懲覆車謀已羞越俎徒令夔憐蚿何曾蛩負駏慎哉心貴平矜躁萌務去但使交遊間人人如飲醑方寸清不淆直節豈消沮匪曰常畏人而爲厠中鼠匪曰以柔全而爲市門女

題陽湖孫竹康廷鐻詩稾

盡數寫六書只此數萬字中所不熟習十復得三四循環堆垛之文章畢能事苟可聯貫者古人肯唾棄而以遺後人使得逞妍祕操觚及今日談亦何容易乃有眞壯夫於此獨攘臂萬卷讀破後一一勘同異更從古人前混沌闢新意甘使心血枯百戰不退避一家言旣成試質琅嬛地必有天上語古人所未至觀君生平詩將無持此議奇想入非非奏當郎老吏古人見亦驚不盡闢腹笥彼抱竊疾者出聲令人唾何不指六經而曰公家器

樸園看牡丹

春風消殘寒凡卉香早隕輕雲薄日中牡丹俊難忍盡力媚

東皇怒馬徧芳畛豔色欲騰空樓臺復起蜃但論富貴姿蘭菊自才窘此時遊客喧十里走油幰往往秉燭行韶華催恐緊寶帳開瓊筵賓廚足櫻筍四壁爭題詩綵毫月邊吮授簡及仲宣予敢謝不敏含意對花影未免惜其蠢肥婢雖解語黃金買虛牝蒲萄若不澀合授太原尹我今爲此花此例或可引綠章奏天公狂言儻曲允願略減豐肌大以半開準請下三百拜石酒立飲盡更乞封眞王五色貢珠楯座上錦衣人將無背燈哂

贈楊鴻卿子新

治病如治國政便風乃暢勿束若溼薪而挾以冬纊庶幾恩

所馴弱者神不喪解此以用藥良醫即良相治病如治兵討
決聲乃壯勿待設三覆而急駕兩廣庶幾威所震強者志不
抗解此以用藥良醫即良將我雖不知醫此語或非妄昔惟
石麓翁每洞見腑臟鏡懸無遁情到必立懲創次則石年子
亦辨膏肓尚斟酌淺與深引之衢尊釀操術不甚同兩人固
瑜亮所惜無長生先後神仙葬自餘齷齪者言大力弗償大
抵志衣食虛名得眞浪君好古文章餘事岐扁訪既傳家教
多更負夙慧況善讀雷丸名妙解蘿蔔唱或以意爲之肯受
古人誑奇想縱非非奪命豈嫌郝自從肺附來羸體得保障
頗已呼陽春應手總無恙要非盤而錯尚未識心匠去年婦

產難子欲與母妨四日始免身半步即墟壙其時方奇寒鑪
竈不足仗禍根坐此深積血憑氣張邪魔更乘虛咄咄怪鼓
邊歧中又有歧作病日千狀呻吟意都慵待死臥紙帳諸醫
各獻技手辣膽敢放陳陳語相因萬都無一當叩門乞君來
在三月既望徧問諸醫方大笑天屢仰盡撥浮雲談乃覓金
丹餉一投痛始蘇再投色已王三投衣脫縣四投飯加盎如
過大庭庫猛火燒其藏如觀瓠子河大風卷其漲如登珠厓
山烈日銷其瘴前後兩旬閒披靡藥所向陽陽平常如怱怱
痼疾忘始知能者能十全都上上於古將相才君定不多讓
用此活世人陰德胡可量我謀酬君貲家貧物無長歌詩聊

贈君君樂聞焉儻

棄婦篇

威鳳不逐凰大鵞不辭鴦如何人間世乃有棄婦郎妾初嫁郎時妾年才十六郎眷妾如花妾倚郎如玉郎貧妾工織郎病妾解醫郎飲妾貰酒郎讀妾寫詩妾是草下泥郎是泥中草自爲郎心堅不關妾貌好秋雲上郎面秋風生郎懷郎意妾知之勸迎阿妹來妾恐郎不歡事妹如大婦郎怒妾無禮事妹如慈母阿妹喜膏沐妾進黃金釵阿妹倦鍼綫妾製紅羅鞵阿妹善事郎願郎勿瞋妾郎身重如金妾命薄於葉郎尋遊京師妾與阿妹居五月使人來有迎阿妹書聞郎捷南

宮水部官已貴妾辦阿妹裝十日不曾睡阿妹遠隨郎堂有臥病姑姑病頗憶兒妾勞當代夫朝調姑飴餳夕煮姑湯藥姑生縫衣裳姑死備棺槨姑死無一人姑死無一錢家信斷已久阿妹行四年手寫姑遺言辛苦寄郎處郎將阿妹歸逐妾出門去郎親與妾語昔時姑在時如令姑已死留妾復何爲妾思郎舊恩願與爨婢齒郎知妾無家欲妾爲匃死回頭哭向郎阿妹與妾殊阿妹似欲哭莫亦疑郎無

花朝孫竹庲全椒吳次山西曆招飲青溪酒樓大醉明

日呈二君兼調含山慶子元光亨

百無一勝人與酒作生活長貧吟亦嬾乘醉或塗抹昨日歸

閉門巾服已先脫壺酒雖日設局促在闤闠忽飛片紙來卒
讀胸宇豁向婦喜欲顛去如箭辭括酒旗遙招人入坐燭未
跋一升纔解饞三升愈流沫五升浣俗塵勢乃不可遏腸輪
與眉鎖一一化轇轕四旁初無人狂語任歕潑須臾月漸上
暮雲墨暫撥靈娥色最媚愛極不忍喝獨恨天太寒冰雪虐
勝魅緋杏斂笑柎黛柳尙髡栟春風御者誰呼之合鞭撻安
得羯鼓催唐皇妙旋斡此時飲尤豪銀漢巨鯨鱍興盡方還
家倒提竹燈筶天忽作急雨菜圃泥滑澾行人頗倉皇我頓
呼咄咄今日花生辰芳信定上達或者江以南東帝舍偶芟
列僊辦供帳琪果隨意掎萫酒頗不醕新釀等粗糲旣進上

壽觴帝意病其辣香案怒一推下界流㵶㵶輕雷故驅馳略助帝呵咀諸君試齅之撲鼻尚餘馥儻許乞涓滴我欲拾而掇諸君知我醉窘步扶蹩躠入室紛喧嘩纔知反著襏老母促我睡默默婦蹙頞本來米汁禪有此醉菩薩不知何人言逆耳強相聒謂酒能戕生代女心震怛伐腦餘黃膠潤吻無紫葛他時悔則晚何如愛早割我道窮愁中萬事付茅莧鳳癡嚇避鵷蚻困誚任獺放眼緇塵迷鹵冷不勝齹惟與麴生交此慶同釋褐吾師劉伯倫墮地受衣鉢區區歡伯歡胡然更抹撥勞薪擔方重酒詎能夭閼況吾生百年駒隙竊芻秣有如生且病中歲患消渴有如病且老晚飯不盈撮有如老

且死黃泉悲道暍雖復酒如澠何關一毫末及此來日長敢不自振拔諸君如達觀酒泉勿壅竭寄身大戶人量常海樣闊不信溫柔鄉輕把醉鄉奪子元自納姬後屢辭客飯是夕招之又不至

正月二十九日作

去年冬不寒朔雪匙飛絮斗水值三錢青溪盡泥淤老農防旱荒方抱無麥慮誰知元日來雨師忽叱馭愁霖兼三旬紅日不掌曙有時雜雹珠虐更北風助敝裘都失溫酒壚苦蹲踞弱柳欲吐金縷縷挂冰筋菜畦撥凍泥韭芽未可茹鶯澀偶一嘑衣薄詎敢翥江南好風月不知在何處奏章問東皇底事耐冷署天上儻春多於意更不恕韶光雖九十一月太

悤遽頗似我生平少壯愁中去

止酒篇

曾識古酒字古文酒作酉後人加水旁有水遂無酒我生寡知音酒獨許我友狂時或一石興盡尚一斗前夕悔中之今夕又濡首少壯窮愁中可謂交耐久誰料近今來齟齬乃時有每每沈酣餘作惡頻欲歐泛溢齊鬲閒叩腹如叩缶醫稱酒為厲速殺貴辣手勿貪歡伯歡書生弱非偶此言何必然不意聞諸婦醉鄉生把持嘵嘵驚老母舉觴勸罷休督責賡苦口我心要難平惜酒此名醜古之達觀人大半與酒厚淵明伯倫輩何必非老叟未聞酒敗盟豈至我而負況酒性燥

烈致疾胡獨否反以陰逕論藏府等木朽衡情斷斯獄實爾
水之咎安得高高天陽烏增其九徧彗江河流東化醋醪走
客我千日酥更益百年壽

喜晴詩 戊申七月

熱塵十里驕紅日如火照道旁扶杖翁吃吃仰天笑長揖前
致詞炎官威棱峭苦者乃人情笑豈意所料將無欲獻曝寶
此神山曜老翁爲我言此鄉水田繞比來廿餘年七次水災
弔歲歉大無禾官符缺租調餓夫路相屬稾葬雜老少民居
多傾頹瓦木飄且搖昔時金屋花半作野原燎江東夙繁富
長貧忽難療今年山泉急蛟龍怒尾掉江流從東來瓜蔓潮

更剽濤頭萬丈高登城駭臨眺況兼淫雨傷朝朝拙鳩叫天
低晝亦昏瀰漫無一竅欲撥雲網開風伯不可召惟有雷車
聲時隨電火爝大助陽侯虐水波愈狂嘯頗聞市中賈新價
已昂糶倘再三日雨屋角將擊漂倘再五日雨長街將垂釣
倘再十日雨廣野將飛艞峻壞潰隄防高樹沒蘿蔦嗟彼荷
鋤人術講齊民要秋疇粒粟無草食覓藜藋乞米沿門行市
義誰焚約坐此絫欷歔霽色望雲嶠何幸靑天靑一旦發光
耀橋鳥都歡聲能無喜欲趒不則迎涼時新雨來亦妙畏日
翻愛之眞宜䄋襶誚

顏魯公放生池懷古有序

城西烏龍潭有顏魯公放生池古道其實非魯公之池乃唐肅宗乾元二年遣左驍衛右郎將史元琮中使張庭玉奉詔特置之池也時魯公方爲昇州刺史嘗撰天下放生池碑銘後人猥屬之魯公耳然斯地之爲唐池亦有不可盡信者卽以公碑證之公碑序有云始於洋州之興道泉山南劍南黔中荆南嶺南江西浙西諸道汔於昇州之江甯秦淮太平橋臨江帶郭上下五里各置放生池凡八十一所則在江甯者不過一所第所謂太平橋上下五里者今已不可確指而宋湻熙閒史志道因舊放生池爲府學泮水

而移置放生池於青溪之湬江總持故宅建閣於其
上則唐池已久非其舊且盡湮矣何從知此地獨爲
唐池況復於潭側起放生庵祝公直謂爲魯公之池
乎惟是古迹半蕪登臨或廢烏龍潭今在城內昔在
城外於臨江帶郭之言略符意者實與唐池相近不
妨姑存陳迹以寄幽懷自明正統間奄人置靈應觀
於斯至 國朝康熙二十二年道士居仙極盡沈歷
年禁碑迹亦幾廢乾隆八年雖經邑人重修公庵而
潭中菱藕縱横固非遊泳長生之域已
乾元歲己亥帝廣好生澤鱗介跂喙儔隨地皆窟宅德音布

天下朝貴董其役昇州池玉里水族少驚魄是時方多事中
原鼙鼓劇慶緒勢雖蹙思明命猶逆兵車日點行居者惟老
瘠壯士別無家一去鄉里隔枕戈已四年白骨等山積租錢
急轉輸官吏如火迫田蕪尚征苗舊籍必盈額下及鹽鐵稅
亦復隸軍册戶口久繁盛生計倏窘窄何不沛殊恩煦嫗及
蒼赤而乃謀放生物命獨先惜古巖無故殺頤養味頗擇除
葷起佛宗巫祝稱嘖嘖靈武即位後帝有鬼神癖將無平章
璵獻媚建此策蠢動雖長生郅治究何益魯公忠義人小失
難弗責借事頌皇仁偉詞勒樂石詎知耳食者遂謂魯公迹
祗今西北隅尚引選勝客我來停遊蹤春水正盈尺錦鱗吹

落花漁網時向夕惟見小荷錢不亞後湖碧後湖即眞武湖宋天禧四年嘗改爲放生池今亦廢爲訪舊時碑斜陽紅脈脈

題兒荷生雜詩

先生姑妄言之耳如古所云則謬矣六合以外千秋前安在奇聞不如此賢姦萬輩寃獄多一二大略在青史鑠金糞玉歧中歧誰能曲折寫諸紙苟有得於當日情欲決黃泉問枯鬼至於淫沴氣所鍾百怪廿人角而齒禹鼎一一雖鑄之腥穢肝腸恐未死其閒亦各能語言但我不及解而已悲來忽作荒唐詞哭向蒼天眼無水欲將此意振聾聵先生听然笑曰止

## 蘆花衣

有蘆有蘆在江之濱有蘆有蘆在兒之身蘆花蘆花子衣未寒母賜兒衣母恩如山儻是蘆花衣也無兒行履霜骨已枯

## 瀨水金

瀨水寒上有麥飯一簞瀨水深中有千兩黃金金兮金兮投女瀨水贈奇女子女子生平最知己路上相逢爲我死投金敢謂報前恩謂我如今果活耳

## 紫荆樹

兄弟散紫荆爛兄弟合紫荆活紫荆紫荆兮有神意竟與人家兄弟事春風徧地紫荆花榮枯爭不似他家

十疋絹

一疋絹臣所愛十疋絹臣所愧絹兮絹兮顏色好十疋賜臣何太少臣受絹歸臣罪深堂前有客至十萬斤黃金

丹陽舟

朝遊丹陽江丹陽之江使人愁暮遊丹陽江丹陽之江使人憂一旦忽逢載麥舟舟兮舟兮今贈客矣舟麥有時盡客貧方未已客再貧時非范公見慷慨者誰

燈籠錦

芙蓉錦太綠海棠錦太紅不如織錦成燈籠錦兮錦兮來路遠送與深宮舞春晚如今入宮拜昭儀不是村裏同居時故

人新貴矣那容錯投贈縞紵雖輕相公罪證

落花歎

花魂逐風行香去紅猶在吹落綠池塘盡力作姿態誰家別隖有花開今日夕陽人不來

送春詞

鄰家姊妹留春住見家日日催春去起來酹酒楊花中暗彈珠淚隨東風但憑一路鵑聲裏送春直過黃河水替見夫壻脫寒衣明年莫在人前歸

鄰園海棠盡落

從花半開到半落狂奴日日花前酹誰知一夜夢魂中花神

早負三生約曉來門巷皆紅泥黃鶯啄斷金鈴索倚闌今日覺微寒爲是春陰尤寂寞沈沈綠葉自無言此事未關風雨惡若使朱顏不命薄人無愁時那知樂

題績溪方石湖鍾按劍圖

丈夫按劍未一言怒已有聲到牙齒世無血性雖男兒搶地自知罪當死回頭大笑不屑殺若輩人閒雞犬耳佞臣舌與貪臣頭乃欲上書奏天子時乎未來且飲酒君少而狂氣如此只今白髮漸星星早已中年雜悲喜鄉里庸奴俳詭之誰信酣歌舊燕市摩挲此劍復何用鐵鏽成花鋒鈍矣我生雖後君十年綺歲才名去如水棄書敢說俠腸熱紅塵誰爲

刺窮鬼見君此圖欲一鳴如今吳越兵方起封侯骨相儻無種更與君摩滄海壘己亥之冬君嘗假職守舟山百日今海疆又不靖矣

詠史三首

張儀始見蘇君時堂下草具不敢辭儀無能爲亦可知如何入秦自縱之詭哉詭哉此張到感恩請用不言報蘇君旣死儀尙生前日之短一時暴世無王者始合從於六國時差有功橫入實滅六國耳傾險誰謂儀秦同蘇君惡聲靡不有我道蘇君乃自取當年何不拔其舌詐者猶能相秦否

王孫鍾室曰冤哉陳豨私語何從來當時架空造此獄酇侯呂后實禍胎沛公臟已高野雞終篡漢故知絳灌易與耳留

侯曲逆尤黨亂孤忠獨有此少年必誅產祿首爲難功臣各就封第一蕭先曹國士無雙由我薦今獨王楚功尤高雲夢之禽未快意所忌不殺非云豪內外畏其才淮陰不活矣歌風更有將將者聞之且憐亦且喜藉告天下士莫恨無知己有知己所以死

癡人乃說商山碑謂是惠帝書賜之至竟四皓其人誰曰無其人亦武斷曰有其人胡事漢大抵有其人來者則非眞留侯僞飾四老者教以言語欺其君高祖本無廢盈意見此衣冠尤短氣殿前指示戚夫人聊塞夜來酒邊淚如意旣不立四老歸釣屠呂雉感其恩厚賜無時無否則殺之以滅口陳

平陰禍亦有餘

陳忠愍公死事詩公諱化成福建人官江南提督壬寅五月英人入吳淞口公死之

千聲萬聲敵火急火光照海海水赤將軍一人當火立眾人爭請將軍行將軍竟行誰守城棄城而去何顏生此時欲戰兵已潰敵則能進不能退除死以外更無計一火忽中將軍肩崇臺百尺灰飛煙英魂烈魄上九天將軍雖死抱餘恥殺敵方能報　天子臣功在生不在死今以一死蒙　恩深褒忠猶自煩　綸音是臣之節非臣心

圍城紀事六詠壬寅㖞夷犯江之役也

守陴

將軍德珠布突遣追風騎九城之門一時閉江甯凡十三城門其四久閉道
有訛言江上傳今夜三更夷大至此時行者猶未至須臾聞
說皆驚疑入城出城兩不得道旁頗有露宿兒平明馳箭許
暫開沸如蠅集轟如雷土囊萬箇左右堆羊腸小徑通車纔
老翁腰閒被劫財脚下蹴死幾幼孩村婦往往踣墮胎柳棺
摧拉遺尸骸摩肩擁背步方跛關吏一呼門又鎖繞郭聲聲
痛哭歸頭上時飛洗礮火事始於六月八日時夷尚未陷鎮江

避城

海上逃人言鑿鑿夷於丁男不甚虐惟與婦人作劇惡比戶
由來皆大索城中兒女齊悲嘘四鄉一一謀枝棲尋常家具

邀人齎腰纏浪擲輕如泥誰謂鄉農亦稱霸百金纔許蝸廬
借瓢水束薪珠玉價釵鈿裙襪奪之詐稍不如意便怒罵搶
地無言但拜謝道來此閒已被赦不見鄰婦頭髮鬖鬖無錢能
賃香筍籃膝前有女年十三中夜急嫁西家男身攜布被居
茅庵

募兵

城中舊兵不如額分守城頭尚無策何論城下詰暴客市兒
反側頗接迹一旦招之入軍籍朝來首裹青布幘細襻革鞾
靿盈尺黑衣蔽腹袖尤窄堂下羣鵶立無隙或舞大刀或礫
石取其壯健汰老瘠九城纍纍保衛冊時分城內爲九道晝坐當門

怒眼赤大聲能作老梟嚇惡句往往暗褫魄夜出走巡街巷柵火光燭天月不白木梃竹鞭在肘腋時鄉兵不登城兵器皆以竹木爲之取足衛身而已吠犬無聲都辟易一人日與錢一百勤則有犒惰則革借問誰司鼓與鉦居然高坐來談兵百夫長是迂書生主其事者大都吾輩而已

警奸

西北諸山火星墮都說城中有夷夥中夜能爲夷放火大吏責成縣令拿縣令責成里長查何人野宿蹲如蛙搜身偏落鐵藥沙時首獲郭犯身有鉛藥數丸或日郭固宦頂匠藥其所宜有也邏者見之喜且譁侵晨縛送縣令衙縣令大怒棒亂撾根追欲泛河源槎叩頭妄

揹讐人家一時寃獄延蔓瓜從此里巷紛如麻人人切齒瞋朝鴉平日但有微疵瑕比來盡作虺與蛇往往當路橫要遮道旁三老私歎嗟平原獨無董事恥時司九城保衛者皆謂之董事昨日亦獲瘦男子大抵竊雞者賊是

盟夷

城頭野風吹白旗十丈大書中堂伊前協辦大學士伊里布在浙江時爲夷所感服故以此緩夷天潢宮保太子少保宗室耆英飛馬至奉旨金陵句當事總督太宰牛鑑瘖不鳴吳淞車債原餘生九拜夷舟十不恥黃侯署江甯布政使黃恩彤自矜已身死十萬居民空獻芹香花迎跽諸將軍掩淚默無語周自請鄭不許聲言架礮鍾山巔嚴城頃刻灰

飛煙不則盡決後湖水灌入青溪六十里（皆當日奏章中語也）最後許以七馬頭（粵閩江浙許夷交市者凡七所）浙江更有羈縻州（浙江定海縣許夷僑寓一年）白金二千一百萬三年分償先削劵劵書首請帝璽丹大臣同署全權官（盟書首帝寶次其國王印次諸大臣押次其酋長押其酋長署銜曰全權公使）冒死入奏得帝命江水汪汪和議定

## 說鬼

三大臣盟江上回侍從親見西鬼來（江南俗稱夷曰鬼子）白者寒瘦如蛤灰黑者醜惡如栗煤髮卷批耳髭繞腮羊睛睒睒秋深苔言語不通惟笑咍高冠編篾笠異臺氈衣稱身無剪裁漆鞾綠滑琉璃杯短刀雪色銀皚皚袖中礮火花銅胎鏡筩五尺

窺八垓寸管作字鏤纖埃口銜菰葉紅不臭長壺斛酒鵝黄醅聽者不覺心顏開有塔高矗南山隈鬼官日日遊相陪父老奔走攜童孩隨行飽瞰歡若雷居然人鬼無疑猜亦有賤駔眞奴才何樓僞貨欺癡獃竟買小舟樹短桅船輪要看火燄推晚歸向客誇多財雙鳳鑾環錢百枚（夷市物所用洋錢背多鑄雙鳳與向來流入中國者異）

雪後與慶子元吳次山飲村店放歌

萬人冷眼看塵寰天空地闊無援攀報恩閒殺珠與環愁城有劒憑誰刪昨夜瀛海諸仙班戲翦雪花散帝闕雨師風伯緣爲姦乃以人命相草菅奇寒中人百體轘九天不計窮民

癭令我瑟縮扉居圜惟酒可作贖罪鍰夕陽紅上城南山鴉聲一一從東還酒旗遙在黃蘆灣茅龍小店遠市闤到來休問囊錢慳三斗入腹披狐貉酒亦奇才非等閒竹中調笑黃梅斑舉頭瞋見新月彎停車歌之傾城鬟此時豈畏羣兒訕但恐一醉髮已頒生來駿足難韁閑死便埋我青山閒千秋化石應不頑我語雖狂非厚顏

名醫生

中年獵書史偶讀倉公傳欣然欲以藥活人逃儒不惜巫醫賤東家平瘈瘲西家治瘡痍先生大名侈侈鬼畏之富人豪家盡延致飛輿如風路爭避三更束炬才還家傾銀滿囊錢

滿笥城南新交執戟郎昨日商量蔆芡黃今日素衣來弔喪
聲聲太息命定閻浮王堂前有客長揖又問千金方
眞仙人
長安十年壯心死湖海之氣淡於水回頭欲作天上人吾師
吾師廣成子終日高臥斗室中自言到眼雲煙空近來六時
只一飯與談萬古皆凡庸語語勸人黜名利苦口謾罵儒與
吏千里忽到錦衣友紫薇星官丞相後樓居急做瀛州筵狠
籍冰桃與雪藕坐旁寒士出錢自買酒
大君子
聲如怒蛟氣如虎布衣韋冠古復古讀書索解先周秦經之

老生史之祖四十辭科名恥說簪與纓五十已持杖魯國諸生長庭前置酒招故人偶失小禮還呵瞋道旁看花遇年少才涉遊詞便狂叫朝來操杖撻鄰父何事禁兒不來賭三日不賭先生苦鄰父受撻默默敢他語

印子錢

今日與女錢十千明日與我三百錢三百復三百如此五十日纍纍十五千子母償始畢西家一人賣棗酏救飢不足償稍遲往往數日一負之或有短陌情近欺計錢千九十有奇債帥勃然怒我與女錢憐女苦昔我憐女今恨女重則告官府輕亦毀門戶借者叩頭聲隆隆非我負公我實窮請公更

借八千九立券願與前券同此時債帥乃大樂今後勿煩我再索女宜感我我非虐始惟秦中四創此狡獪謀如何士大夫近亦效其尤效而又甚之道路傳聞羞吁嗟乎道路傳聞羞

## 苜蓿頭

苜蓿頭斜陽低苜蓿頭腹中飢我呼苜蓿來其人面目如黑煤身有敝衩腳無鞵是男是女相疑猜試問何太苦不覺淚如雨自言今年已十五去年喪父兼喪母千錢賣作童養婦阿姑畜之如畜狗秋天日斫柴一航冬天日拾糞一筐春來苜蓿可作菜掘之使到城中賣每日須賣二百錢歸家許食

萊菔饘錢多不加一勺饘但缺一錢與一鞭此菜一斤四錢耳賣五十斤方稱是力小還須去復來出城入城二十里昨日缺錢晚未食今日强行更無力菜葉行已枯一錢仍未得我呼家人急賜飯叩首當階呼不願願人盡買菜青青但不受鞭餓何怨餓何怨鞭不支且進飯休涕洟汝言未終我心碎復與百錢喟而退吁嗟乎童養婦前生讐童養婦終年四童養婦水中泅童養婦火中投君不見苜蓿頭君不聞苜蓿頭

祀青溪小姑神絃詞

玉簫聲輭春雲流青天尺五香煙浮綵旗忽下黃粟留靈之

來兮落花急苔徑無塵酒痕溼水邊樓閣宜垂楊兒家夫壻多離鄉小姑莫更愁無郎 迎神

絲風欲閃銀燭光茶煙斷處斜陽黃赤闌干下練衣涼靈之去兮畫船動春魚不躍浮萍重杜鵑啼徹無人行青山蔣侯姑阿兄何妨暫住過清明 送神

春日同長洲孫月坡麟趾滁州馬晴齋雲孫竹庲吳穴山秦雪舫耀曾伍輯之瑞朝兒荷生飲青溪酒樓醉歌

春陽如馬愁人忙紅塵無日無愁腸愁死那如醉死強我勸諸君遊酒鄉酒樓百尺欹垂楊到來四壁皆酒香月老枯坐

佯頹唐低眉立盡五十觴明明恃酒爲瓊漿雪翁半醉詞琅
琅乞盟元白俘蘇黃隔年詩債催人償聚詩要作飢時糧次
公一斗喉有鋩拔劍欲舞袖不長悲歌羞學聲慨慷夜深說
鬼鬼在旁風來短燭寒無光孫郎把酒談如孃只今青眼逢
紅妝落魄獨愧瑯邪王不覺熱淚沾衣裳伍生附和呼高陽
馬生箕踞翹酒牀酒牀未碎心先傷吾家伯子尤披猖白眼
不諱燕市狂讕語直追蒙叟荒正顏忽作濂洛莊自稱未飲
醉已僵我爲諸君醫膏肓老天化水蒼茫茫九萬里地皆毫
芒人生何處非歡場我昨驅車遊北邙頗欲醉骨深埋藏青
燐笑我無歸裝未必死是驅窮方重開新眼炊黃粱六尺肯

受神驗纏方寸休爲抱糞蜣廚鼠從來供鳳凰百年何知愁
未央明日更醉梨花旁

盂蘭盆會歌

江南洗手花初紅梵聲一一迎悲風蓮臺都傍青溪曲千點
秋星萬條燭小家兒女爭酣嬉老僧不語低愁眉簫鼓沈沈
搖月影傾聽果然毛髮冷紙錢頃刻灰如山漿飯無多彈指
開草際青燐舞深夜淒切如聞親拜謝人生窮餓酸辛年殘
杯冷炙宜受憐誰知死尙飢驅走夜臺亦自難餬口

十一月十五夜作

昨夜有酒月未圓今夜月圓無酒錢平生敢說酒星小月夜

不飲非神仙豈但不飲非神仙夢魂定落愁城邊愁城一落不得出荷鍤眞欲埋黃泉東家老父新釀熟當時許我壚頭眠往從貰之得三斗大笑自拍狂奴肩衝寒獨上西山巔此時下界無人煙酒杯在手月在天嫦娥中年我少年

## 破屋行 戊申八月

八月十六青天高黑雲忽滃紅日逃雷聲轟轟乃無雨但聞空中萬里如奔濤木葉滿地風颼颼驟寒中人灑髮毛城中之居尚如此臨江帶郭可知矣傳聞雲中一龍怒掉尾振動山谷撼溪沚何況葦牆蓬壁薄如紙屋梁高飛柱拔起須臾傾頹數十里是時居人方避水紛紛明日齊歸來各撐小舟

江水隈但見爛茅斷甓水上從橫堆滔滔四面無塵埃不知門向何方開老翁頓足村婦踣仰天痛哭何悲哀吁嗟乎秋風漸寒水漸去今年還家無住處餓死只合從空山凍死都教在行路縱有一二殘喘延夜夜何堪宿霜露安得萬家生佛救人活布金滿地成樓閣勝造阿育四萬八千塔

入暮

入暮寒逾甚歸來掩敝廬濃斟女嬃酒周氏姊饋酒一斗細檢父談書時方校先君子遺稿霜重渚鴻咽風嚴城漏疏一燈兄弟坐炙硯小爐初

客有書來訊余近況者作此答之

來日方多事窮途豈死時平生不爲舌居世本如眉未賣書千卷常賒酒一巵愁中有佳趣報女此新詩

題慶子元白門訪舊圖子元家合山自其少時久客金陵壬寅六月夷人犯江子元先期歸既盟夷子元復來金陵因繪有此圖甲辰秋余始交子元出以屬題

作客江南好看花春復秋鬼兵能破膽鄉夢與回頭容易烽煙靜懷人起舊愁元龍湖海士天外又扁舟

如此江山在曾經蹂躪過只今佳麗地疑有惡塵多誰擲天河水夸娥與浣磨登高撫長劍來日定狂歌

十萬臨淄戶重來數暮煙縱無零落感總不似從前幾輩沙中燕誰家雨後鵑況堪楊柳樹顦顇板橋邊

休問當年事城居記被圍驚魂曾跕跕交睫尙依依爲爾檥重擊教余戈欲揮樽前且呼酒羞說淚沾衣

得慶子元書並惠酒資

君從千里外忽寄酒錢來爲是天寒甚教余笑口開去看霜徑菊今折隴頭梅三月相思意都歸此一杯

歲除日慶子元自泰興來已泊江上復歸舍山馳急足來報答此代柬

望君如望歲明日是明年江上飛書至知君已泊船忽聞中婦病重整故山鞭春酒遲君醉來看燈月圓

郊行見孤鴈感賦

薄暮方沽酒冬山淡夕陽風聲千樹葉雲意一天霜孤鴈宿何處江南路正長竟如人影瘦零落不成行（時先兄荷生去世七月矣）

揚州客邸作

不慣揚州住蕪城數暮鴉世情原魯酒人意亦唐花客路江難縮秋林日易斜雲邊親舍近吾夢欲還家

秋夜

藤牀初睡起銀漢已低垂深竹潤如此野花香爲誰微雲來往處明月有無時夜夜人歸後秋涼一蟀知

燈草三十二韻

蘼徑重搜草蘭成更賦燈吐芬依楚澤緘秀遠秦塍狒髮當

風亂虬髯拂水澄秋航簑與織夏館簟宜登有客循華渚隨
時刈宿芳莎邊搴綿約蒲外束鬅鬙剃倩纖纖筍抽疑裊裊
藤膜肥金褪屑心絜玉交繩弱綫誰搓絮長條此撚冰絲蓬
鬆試綹弦脃猛休搯并翦鉸纔便鑽箋裹略勝瓣香珍聘似
下策火攻能院宇初昏後樓臺最上層銅盤呼婢挂漆几把
書凭莖短濃教漬膏深膩欲凝鴨爐紅燼逗雁檠素輝騰廖
縷還嫌暗雙枝或待增挖珠調鼠覷挑粟惹蛾憎穗定寒頻
斂花攢喜漫憑影惟從月淡色早學雲蒸遠志中常熱春暉
寸敢矜龍耕煙自煖螢化燄何稱得傍明星爛奚煩纈眼懲
削松辭浣女斷帶笑吟朋照夜光誠大餘芳事別徵楓援和

雪落菌煮借霜淩眠硯柔欺錦摩牋滑勝縉善防囊走霹替洗字爲蠅灰問新晴信湯消内熱癥兜鞵輕到底欹枕輭無棱虎魄黏猶可雞毛換未應纏來蘆管細分映燭奴曾

春星

東皇夜夜促鸞軿珠采金芒宿衞圓欲與月爭歡喜地尙無河阻別離天照花心事如紅燭種樹時光有綠錢斗轉參横頻指點嫁人風景又新年

雨後泛青溪

青溪雨過溼濛濛畫舫輕移似碧空芳草生時江水綠春山明處夕陽紅橋邊帘影低迎月樓上簫聲暗墮風最是亂鶯

嗁歇後卷簾人在柳花中

送慶子元之泰興

爲是窮愁意倍親青袍落魄對黃塵酒杯以外原無物詩本如今漸等身舉世茫茫常遇鬼出門惘惘又依人斜陽莫灑臨歧淚明日蘆花最愴神

初遊樸園

十分春色在柴扉眞悔紅塵插腳非一片鳥聲供勸酒四邊花氣替熏衣略添醜石山逾秀纔著疏萍水便肥不是主人能好客夜深也待月明歸

同學李生屢試見抑慰之

不是龍門不許狂旃檀未爇孰聞香諸公半已同蝦助餘子時猶作虎倀網力只能收燕雀琴聲豈忍鼓蟁蝱將軍碑石司農草灑向黃泉淚幾行謂先師陶文毅公及任階平先生

月夜訪孫竹庲

漸入空山近戴家四圍煙樹定昏鴉流雲有意欺明月芳草多情護落花茅店風知新酒熟柳塘水送去燈斜此間樓閣如天上何必桃源問釣槎

遊妙相庵

四邊山色一園新怱卻門前有熱塵春盡草香濃似酒日長花意倦於人短橋水上萍爭路小閣雲多竹買鄰不受提壺

村鳥勸爲留醒眼，拜靈均。廟有屈子祠堂

傷逝 時秦雪舫、方石廉、顧秋碧、程野樵諸君先後並卒

爲問天邊幾玉樓教人一死誤千秋休傳白鶴生還語已作黄河東去流如葉自憐三尺命有花難解十分愁著書明日無憑事何待潘生歎白頭

樸園有老樹不名方秋作花甚冷而豔詩以慰之

一例花枝玉樣齊竟無春夢許君迷柳雖輕薄鶯猶占桐易飄零鳳卻棲但使爭香塵裏過何曾分蔭日邊低浮生豈獨甘埋沒聲價憑誰爲品題

如姬

侯嬴甘一劍以死報公子魏王失軍符美人生與死

雜詩之一

千金買鴛鴦一顧失追風追風亦有罪甘離鴛鴦中

初夏六詠和兄荷生

埽花

埽花裝枕頭魂夢共清絕不爲落花香爲見開時節

刨筍

擕鋤向竹林不知筍何處一枝露頭角便有人鋤去

贈扇

蒲葵自南來故人新贈與拜賜及此時秋天誰用汝

垂簾

紅日有驕態竹簾清若水始信綠棠陰庇人亦如此

飼蠶

采桑飼紅蠶吐出絲千道不是蠶吐成誰知桑葉好

放鴨

柳花作萍時放鴨向春水望爾羽毛成至今飛不起

飼蠶詞五首

春寒箔上蠶猶嬌箔下炭灰終夜燒貧家亦有跳梁鼠從人

乞得銀花貓

曉來要看蠶稀稠又恐蠶將嬾婦羞蠶會吐絲學蓬髮朝朝

燈下起梳頭

早去買桑桑市東歸來摘葉蠶房中旁人不解惜桑葉奪取

一枝桑葚紅

阿娘辛苦養蠶天嬌女陪娘瞋不眠含笑許縫新襪袴待娘

五月賣絲錢

西家小妹來堂前也知愛我蠶絲鮮翦將素紙乞蠶吐要作

菱花鏡奩圓

戚夫人

歌舞何須學楚四夫人自拙夜中謀千金早問留侯計四皓

還從如意遊

王嬙

紅顏竟許到沙場休抱琵琶意更傷不是出宮時一拜今生何處見君王

紫雲曲六首仿曹堯賓體

問徧青天少酒家夜深難覓海人槎無聊盡斫吳剛桂自汲銀河水煮茶

玉斧樵回一事無夕陽紅過小方壺門前笑倚三珠樹閒拾飛花飼鳳雛

五雲深處鎖天台幾樹桃花落更開昨夜劉晨尋路到春風吹下笑聲來

梧桐樓閣掩金扉十萬收香噪落暉一片紅雲天女過齊州
煙裏散花歸
龍田瑤草十分香處處丹爐火色黃擺脫紅塵衆仙子朝朝
贏得點金忙
蔡家今日宴羣眞有約麻姑餞尾春青使頻邀還未到瀛州
山頂射麒麟

新種柳

生小爭春眼媚初露黃煙綠不嫌疏淩波自寫當風影爲是
旁人盡不如

孫竹庥之常州吳次山之揚州以同日行時慶子元滯

泰興未歸

望斷海東人不至諸君明日更飄萍江南春盡落花急賸我零丁一酒星

送春日寄吳次山揚州

無沽酒處猶餘冷盡落花時更不愁聞說春歸到江北那禁惆悵望揚州

正月十五日慶子元至自含山使來招飲有所待不得赴悵然賦此

昨日思君酒嬾斟今朝君至費追尋可憐雞黍平生約不敵朱門乞食心

舟發石頭城夜作

涼雲斷處遠天青兩岸菰蒲萬斛螢飲慣石頭城下水如今著我作飄萍

葉園海棠作花較早清明次日雪甚花竟半損酹酒弔之

早知有雪不須開多管芳心到此灰自是花身生命薄春風難道錯吹來

題慶子元畫

絕瘦孤花稱晚涼著些秋雨也無妨倡條冶葉從人采自辦空山落後香　雨蘭

埋香歸去意沈沈自寫春愁付綠陰墮溷飄茵何太巧東風
未必盡無心 落花

西施詠

溪水溪花一樣春東施偏讓入宮人自家未必無顏色錯絕
當年是效顰

野寺見桃花題壁

纔有花枝帶露開等閒蜂蝶便飛來紅塵誰報香消息多恐
春風是自媒

嘲燕

海燕將雛分外忙呢喃終日向華堂生兒盡學江南語秋後

如何返故鄉

春閨曲

也卷重簾也倚闌暗緘柳絮寄人看東風用盡開花力吹上儂衣只是寒

秋閨曲

秋來怕說寄衣裳自盼音書暗斷腸昨夜雨中鴻雁過今年人是不還鄉

春秋宮詞六首

寫盡房中做筍詩外臣消息報無知深宮尚拜秋瓜賜斷絕君恩是此時

火急軍書駭外臣一時宮婢更含顰從今防著桃花醋不是
當年不語人
狄語鉤輈到耳邊第三宮裏晩開筵含情笑指庭前木未到
人間廿五年
陰里紅絲出洛陽諸姜誰著后衣裳內家弟妹都調笑爲問
王髭幾許長
綠衣爭受瞽奴鞭花下君來泣不前含怒回他身上痛去彈
琴處覓人眠
故國田歸妾入齊舞筵夜夜醉如泥金盤忽進魴魚鱠君寵
君憐總欲嘶

十六夜見月

雨漫秋河半月餘今宵纔見玉蟾蜍可知鏡裏人應老不是長眉乍畫初

書恨

蓮荒豈少魚藏葉葦敗猶餘雁折枝絕代芙蓉根盡死可憐紅是不多時

展上巳修禊詩四首

寒食淸明總過來如何曲水宴開纔豈緣十日聽鶯醉春睡深深乍醒回

浴罷蘭湯畫槳停池邊初點一分萍頓驚春路殘紅滿已過

花朝一月零

湔裙漫道事遲遲贏得開軒夜舉卮借問初三眉樣月何如明鏡欲圓時

算來佳節錯過中後序蘭亭孰最工知否餞春時節近只餘十七度春風

來雲閣詩鈔卷一終

來雲閣詩卷二

上元金和亞匏

椒雨集

癸丑二月賊陷金陵劒淅矛炊詭名竊息中夏壬子度不可畱捹面辭家僅以身免賊中辛苦頓首軍門人微言輕窮而走北桑根舊戚恩重踰山自秋徂春寄景七月而先慈之訃至矣計此一年之中淚難類愧聲不副愁幾昧之無邉言競病惟以彭尸抱憤輒復伊吾亦如麴生之交尚未謝絕昔楊誠齋於酒獨愛椒花雨椒辛物也余宜飲之又余成此詩半在椒陵聽雨時今寫自

癸丑二月至甲寅二月詩凡百五十餘首爲椒雨集

原盜一百六十七韻

先皇壬寅年外夷肆鬼嘯旣奪潤州隘遂鼓金陵櫂先夷未至時南民畏其暴紛紛謀避城婦人尤遠蹈我而官盟夷江上歃削約虛驚七旬餘夷去疾若鷁城中高舉者村居半改貌宵眠蟁無幬晝會饔不芼至是驅車歸戚里相迎勞捶胸論酸辛把酒不能釂凮日蘊蓄深致疾每難療朝朝歌蒿里處處焚楮鈔由來十餘年談次神尙僾今茲粵氛惡詎不烽早耀大家鑒前車主靜信神告先賊未至時南中之問於神者篿卜鸞請皆云靜吉豈無神邪抑眞數之不可逃邪婦口雖嘵嘵男兒必執拗萬人無一二綱兎脫

身越餘皆陷盜中將肉委虎豹往往婦語男以不見幾誚我
雖與眾殊交誼略同調豈知中夷毒匪獨民不弔
國事此荆棘禍固有由造夷乎詿誤多聽我說原盜盜首生
濤江實在交廣徼湘南諸煤戶寒等厥民陝蠢蠢初無知羣
聚第吽噪縱或觸犴獄不過氣桀驁極其才所能相率事掠
勳平生委泉壤夢不及官誥何至夜郎大乃欲竊名號當夷
構釁日此盜各年少方於災荒居近見夷犯澳只覺孫盧鋒
大都炬火燐中原有全力海必澆熠燿旋閩閩越靡江南順
颩到前後才三年萬里騰狂趯帝自赫然怒諸將太不肖專
閫獵海琛上上珠翠帽自其黷貨外則一無所好嚴衞色常

壘魂隨鼓鼙搖那知戰何事如女羞說醮彼夷視諸將餽問
合屎尿據楯可罵之不肖詛楚禱若以忍辱論孺子竟可敎
代夷張虛聲紿
帝太阿倒待寇作上賓禮直修聘頫賂以金如山市假神州
墺奏書單于悖奚止佗兀𡙇居然呼二天含笑魋面顙歸舟
吹競律喜氣徧壺嶠此盜斯生心本來昧忠孝遂謂狂綦精
果食太陽曜時於輟耕餘隴上野性趠指天而畫地側身怠
載纛從此堡社閧殺人向人訐椎埋漸公行罔忌刑禁虓萌
牙特猶微虺敢蛇遽效向使盟夷後諸將略計較病過從艮
醫戎事急學斆因其人震悚選其俗悍剽月異歲不同使知

武可樂壯健皆
國有善養鷹與鼩邊隅固金湯春秋重邏哨懲羹夫何嫌備
豫古訓要此盜必不起起亦可立摽何知封疆臣舊習是則
儆祖宗定兵額歲折幾路漕久皆成具文談兵徒枘鑿手握
龍虎符於心似無恔權陰屬偏裨千夫百夫纛一家妻若子
首易姓名冒更用訓私恩姻特芘蘿蔦十巳吞二三然後兵
列竈兵復互容隱濫竽厠幼耄大率州郡兵實數太半靠借
問兵何爲分飛鳧與鶖中有至賢者恂恂士游校市井別肄
業治生及屠釣劣者殊不然鄉閭恣蹂躪溺影兼吠聲勢憑
城社奚彼所謂長官聞見久聾眊平日奴隸叱門戶供灑掃

賤役靡不執次第直分儤貓俱狎鼠眠家人比嘻嗃抑有少忤意威欲杖以藿乞憐地暫搶逃罪柱還繞亦可祖父前子孫大讙噭反師顏子淵犯者置不校大吏以時點樹旗帳曰操逐隊仍兒戲壁上聚觀譟瘠馬雕錦韋廢劍髹桼韜冠必朱彯纓韡必綠長鞦鎗或火不鳴矢或風而趍約略步武齊鼓絕銀字犒偶捲毫毛疵責之頒抃敲是爲司馬政兵糈一歲報其在兵婚喪且別賜芻稍令節亦優酺軍籍抵金窖浩浩

天子恩車甲雨時膏藝威顧若此甚矣國財耗此盜以夷卜如獲上吉琰更知營壘情私慶舞其謅腥啖獼吹揚已將發

之慓又況守若令棠愛彤頌邵萑苻藏巨姦明鏡都失照有民縛盜來駭甚雞在葹謪謪爲盜辯拍案老蠹叫畏事甘養癰屢放鱷出羃其民堂下譁唾而自拭炮民皆太息歸盜愈睨之傲拱手仰盜息若勝憂旱澇盜曰粟粟之不敢貴昂糶盜曰衣衣之不敢吝衙漂同聲怨官懦萬口籥應節官聞乃大樂風雨忽猋瀑桎梏拘而來謂汝盜援奧否胡餉盜爲汝身家自燒黲黲盆蓋冤逢逢瓠鑽籔明明樓幻蜃隆隆鼎賄部勿問淚眼枯魚肉猛咀噍坐此民怒深家駒化作獙垂時盜潛扇教畜短髮毦黃巾與紅巾胥畀大布帽鵑嗁惑鳩媒一旦傾巢笟東家抉其楹西家撤其楣南家負其鋤北家挈

其銚此焉捐囊篚彼焉獻囷窌決計踵盜門願與盜分倿請爲盜前驅轉似漆投膠由是盜驟熾狐語燈夜𦉍孽雷喧角鉦愁雲布旌旄卻從夷主名耶穌拜初廟逆視夷有加誣天𡚁稱詔試窮此盜根然否盟夷召至于兵與來諸將則尤妙本來勁旅稀市人雜嬉嗷苟能漸摩厲擇虆汰其糙勇可作而致何懼不輕僄乃從肉受脤卽如麪飲酵纔聞壇上拜便睡山中覺只期幕烏集瞋舞晨雞踯自盜弄潢池於今幾寒燠所過皆嚴關守可一夫嬈步步讓畔耕省盜馬箠擊諸將隨後塵聊當遠臨眺畏盜膽易破未戰師已橈將是蟬語冰兵是螘旋淖在我桼室憂久知原必燎獨至金陵失眞非意

所料謂有向將軍夙名騎之驃
帝望屬方新功詎他人媢固當計掎角預阻長江艤盜既來
如飛赴援進必躁豈不念南民延頸積朒朓但使牽其外環
城富有礮雖圍庶無虞城幸最險陏故抱不還議敝廬守窅
篠吾母跌久病體弗任輿轎自宜安鳩安未用鬧鑾鬭安知
吾智昏終詒家室悼誰云狃於夷佳麗地戀嫪昨者夷船來
士女栗亂爆猥曰夷同仇將藉鯨逐鰒其實牟利行交反通
紵縞鑄姦本同物往事早先導倘命回紇助多恐頭不掉非
夷此盜無無爲盜所笑

三月二十八日作

自從中春來悄悄閉門戶出入必以夜粥飯亦夜煮街上聞人行搖手戒勿語作計叢棘端地獄無此苦誰知復大索謂有男近女按籍編女口賊婦作官府楚婦猶人情粵婦毒於虎明知是家人問訊或不許過者稍遷延拔刀勃然怒痛哭形問影影似唾罵汝汝母遂無兒汝子遂無父汝妻遂無夫汝婢遂無主汝死亦無名汝生亦何補

周還之葆淳作無題詩二十四首假以書憤同人多和之者余亦得四首

春陰黯黯閉門居禁火時光破膽餘敢爲明珠多護惜乍聞嚬鳥亦生疏癡心尙想花無恙薄命應知水不如背後相逢

剛一笑大家雛髮上頭初

曉風鈴索暗心驚金屋深深住不成出海瞋魚從急性對人羞草只吞聲願埋黃土都難事得傍紅燈是更生如玉阿侯拋擲苦胭脂山虎果無情

村婢如今舊誓違琵琶別抱不嫌非甘隨尨吠燒香去忍逐鵑啼響屧歸同伴難禁尖口角新妝頻逞瘦腰圍紅綃未是眞承寵要著葵黃入道衣

朱樓落盡萬花枝洗面朝朝眼淚宜山欲望夫和土化鳥休思婦覓巢癡竟沈苦海終非計便出愁城已不支學得南朝無賴法破家時節苦裁詩用王次回句

有諷三首

錦衣玉貌好兒郎手握長刀冷似霜幾日公然鵶語熟他年眞恐賊難當

媚賊將無作計疏徒令華屋變榛墟自家門戶今何在莫逐錐刀拾唾餘

自是傭書勝荷戈通人筆墨不煩多美新二字須珍重箭在弦時試一磨

五月七日母命出城避賊

老母傳示紙三寸敧側澹墨十數言謂聞爾日賊促戰千家萬家人出門爾獨何爲戀虎口六世名族惟爾存生是婦人

當死耳此時言義休言恩爾去將情告諸帥況爾有口兵能論背人讀罷火其紙纔欲痛哭聲先吞中夜起坐不能寐十指盡禿餘齩痕在家何曾得見母母教誠是兒智昏循將南來過兩月胡至今日軍猶屯或者條侯太持重不識此賊原遊魂倘以裏言走相告未必幕府如帝閽藉手庶幾萬分一還我甘旨雞與豚甘作罪人背母去廿金饋賊吾其奔（時逃人必先輸賊中貪者金其賊郎衞以出城始免賊詰）

初九日出城既至善橋作

出城二十里世界頓清涼不覺髮將白纔知日尚黃居人盡旗鼓吾輩又冠裳重見　聖朝詔羞揮淚數行

自秣陵關買舟冒雨至七橋甕馬總戎龍營求見

早潮人說船行易五十里路夕未至夜深雷雨破空來疑是城頭戰方利小船漏水時欲沈袴韈無乾不能睡燒燭聊談紙上兵到曉剛成六千字遥遥乍見當頭旗船得順風槳生翅須臾繫纜營東頭萬帳星羅眞得地此時雨猛更逐人草滑泥深策無騎束縛芒蹻側足行軍前豈可輕兒戲漸聞朝令許傳呼長揖扣門敬投刺將軍竟作階下迎纔見逃人先迸淚敢謂此賊不難平三月遷延自攻愧張髯怒罵驕兒兵如所云云頗非醉坐來徐獻袖中書五策居然中三四欲推欲輓忽沈吟前席無聲似酸鼻但言大帥在鍾山到彼雄心

儻一試我聞未免中狐疑於我何嫌若引避歸船聽取道旁語請戰都非大帥意將軍近已病塡膺不是將軍不了事

自十六日至十九日歷調 欽差大臣向榮撫部許乃釗提督和春諸營退而感賦四首

到此烽塵路八千諸君莫更似從前徵兵十道頻增竈追賊三年等執鞭若使鼉屯江盡地須防梟薄 日邊天巧遲拙速鬬全局不但南民望眼穿

休說黔驢技有餘夥頤沈沈讀去易殲除大都死盜逃疏網誰見祆神載後車勇爵儘排槐國陣智囊無過稗官書兒嬉優劇殊堪笑豈可非夫賊不如

只今百日駐江濱未到量沙豈慮貧人命可堪金注重軍聲惟仗火攻頻腹眞不負恆遺矢膽若能飛早去身上將從來心謹愼自知原比　主知眞

此行奪命出圍城敢謂書生解用兵只覺戴天難忍痛況知攬海盡虛聲解懸但願家全活借箸休疑事近名舌敝唇焦無是處酒悲贏得淚縱橫

述痛

有鄰叟自城中出致母命專意軍事無以城中爲念

初心若是此行虛我罪深還勝絕裾忍淚替添衣上綫請兵爲獻馬前書四年長病惟欹枕五夜無眠當倚閭桑甚鍋焦

誰寄與累人甘旨近何如

孝陵衞寓樓飲酒十首是日於許營晤林編修汝舟亦奉 命領軍者自第二首至第九首皆述是日問答語也

巷外悲笳不可聞傳杯只合對斜曛便教爛醉今宵死也比蟲沙醒幾分

拖泥帶水外重城爲報紅夷礮可傾豈是一人偷撼事崇墉難道紙黏成

嚴關已奪尙何愁縱有縣門可發不幾見百川歸海處能憑一舸斷東流

畫灰纔罷帛書通誰遣黃巾侍帳中縱說愚民甘媚賊可能

推問道旁風

千帆萬楫繞江灘纔計焚舟便不歡自是留遺歸路意可知此次讓城難

郤顚餘燼半偷生底不呼刀徧四城也識殺人容易事未應民膽大於兵

指示雲梯十丈高每當支處吠嗷嗷棄人若是眞憑犬壯士何妨試奏刀

藥籠窮搜詛祝材賊身苦說是蛇胎肘縣金印大如斗悔不當時使鶴來

賊金如土積無邊班處都堪多得錢此事也須憑一鼓封侯

豈得晝淩煙

醉餘無俚事歌呼回首慈親望眼枯怪底賊能操勝算道渠來日亦如無

痛定篇十三日

兩日善橋飯三日龍溪眠一日脈要村五日鍾山巔栩栩隨風蝶跕跕墮瘴鳶昨日賃此屋乃在營東偏危樓十數椽一月錢二千庖湢借鄰廡几榻聊安便薄醉從飽睡笳鼓時喧闐中夜復起舞敢謂聞雞賢竈熱還因人已起晨炊煙居然鳥巢林風雨可避焉如今痛定矣請歌痛定篇

正月二十七居人走相報謂有奔馬來江警今在告負郭千

萬家入城附堂奧如牛得火驚似蟹在鑊躁明夜城外喧炊
第賊果到九城先已閉守陴各安竈我亦登城看始見賊花
帽是時賊尚稀城下肆舞蹈轟然鳥機發卻作厲鬼倒晦日
朔日閒環城樹大纛紅衣而黃裳遂集如毛盜城中尟勁旅
況賊攻之暴乃招市兒兵徒手助鼓譟從此盼外援北望費
祈禱天皆仾欲頹十日雲不歸惟餘礮火明萬鳥避而噪夜
夜城中民煮粥上城犒
二月初九夜礮急不容瞬遲明繞城呼賊自北城進北城地
臨江隧道賊暗濬城根失憑依一角礮自震砉然若陁隤險
步賊乃趁是時守城者尚欲釁其釁囊米積如薪畚土實諸

櫬所崩待補苴功頗奏之迅入城賊數百大半亦飲刃誰知他城兵得賊入城信一唱百和逃奪命自蹂躪西曰清涼門蕪蔓略不潤近南有矮城其差將及仞萬賊攻方環忽見解嚴陣遂以雲梯登諸山斗合燼督師來自東巷戰以身殉其餘數十官先後死其印狼虎從炰烋街市漸充牣刀鎗極天鳴走避駭䶂𪗋吾鄰屋太華必受賊問訊奉母急移居蓬茅各牽引閉戶不敢眠夜聽鼓角振

夜聽鼓角振借問在何所入旗駐防兵只今稱勁旅防者防此邦本藉固江圉地重兵恐單所貴侮同禦　滿漢久一家在國皆心膂　帝惟無分民守土故用汝　聖澤二百年斯

民和飲酺何期邠岐人終欲外齊楚當賊初來時意已略齟齬四城籌守陴僅以什五與謂此外城事自居謀越俎及聞北城摧第一氣消沮西南棄城走孰先曳戈杵猥云保內城內城大幾許如樹之有巢如水之有渚水潰樹既顛巢渚豈可處縱令獨瓦全孤寄等雀鼠碎璧孰其愚於 國詎有補況萬無此理譬蹷早失駏徒令賊致力面面合鋒炬戶萬口五萬裹創及婦女豈不奮臂呼各以死戰拒一隅果難支賊如毛羽舉試聽今夜聲痛哭徧郊墅何不昨者晨仍結外城侶固知寇已深南人劫方巨要之秦越視吾終疑其語賊既全入城我門更深閉不知門中人今所處何世還問他

人家朝夕底作計中夜猛有聲火光極天際俄頃數十處處
處借風勢屋瓦一時紅四方赤熛帝心揣賊所爲殘命萬難
貰母呼坐近牀兒女各牽袂阿嫂將一繩繫婢還自繫謂死
亦同歸神定都不涕門外賊鳴鉦梟語音方厲驅人往救火
不許道旁憩相顧愈狐疑將無賊夢囈忽聞叩門來乃是西
鄰婿一一爲我言始知火根柢日來賊科財按戶如責稅賊
黨復私仇先據最高第囊篋罄所有褫及婦衣敝錢盡更捉
人隨意犬羊叟苟有稍忤者一刀以爲例故爾素封家或則
縉紳裔與其遭僇辱束手以貨斃不如早焚身自甘灰盡瘞
其餘媳縊溺往往毅魄逝裹尸匙柳棺葬者血盈背汝居幸

獨陋賊過不屑睨

初十至十九略定殺人性打門喧相傳賊亦有賊令令人占口籍書年與名姓老弱可從略意在壯者勁大半署爲兵加僞號曰聖其舊操何業及時許更正苟所甚需者則亦隊伍併惟男與婦分不得室家慶賊婦實掌之違者致禍橫我姑避其鋒獸肯自投穽江東大如海差異蕞爾鄭往從數親知南北腳力競黃昏不敢歸直待月懸鏡平明又出門東倉西眠竟有時驟遇賊所賴日適病單福與張祿隨意我爲政亦嘗受賊拘尺寸手無柄賂之復得免始信錢勝命遺身如此危幸不爲賊詗

二月二十三傳聞大兵至賊魁似皇皇日或警三四南民私相慶始有再生意桓桓向將軍似若天神貴一聞賊吹角郎候將軍騎香欲將軍迎酒欲將軍饋食念將軍食睡說將軍睡老母命近前推枕手彈淚謂有將軍來死亦甘下地縱遭玉石焚猶勝虎狼寄七歲兒何知門外偶嬉戲公然對路人說出將軍字阿姊面死灰撻之大怒詈從此望將軍十日九憔悴更有健者徒夜半誓忠義願遙應將軍畫策萬全利分隸賊麾下使賊不猜忌尋常行坐處短刃縛在臂但期兵入城各各猝舉燧得見將軍面命卽將軍賜誰料將軍怵未及理此事

金陵百萬戶平居如儉荒豈知崑崙山中有萬寶藏賊能竭澤漁毒網彌天張朝令徙一巷暮令遷一坊次第驅其人以隊叱犬羊其人既已驅返身上其堂井竈庖廥廁楣檻屏柱牆一一搰之爛惟恐屋不傷盋盎鼎豆壺几匱厨椸牀一一撞之碎惟恐物不戕然後謀飽橐首選白與黃有錢或萬貫有珠或一囊有薪或千車有米或百倉珊瑚翡翠玉海中之奇香灼灼目不識棄在塵土旁羅綺錦繡段紅閨舞衣裳鐵體衣十重山鬼跳太陽闃然鳥獸散頃刻荆棘場吾固謂此賊不稱星天狼實破敗五鬼天使來披猖居人夜潛歸無聲淚浪浪

我家何所有家具悉中人從賊泥沙之豈值錢千緡獨有書八厨自謂家不貧我父客四方前後五十春歸必載數篋用壯車前塵我兄嗜彌篤廿載朱門賓少小不好弄惟書道津津生平所肆力目錄學者醇故能擇英華片紙賞必眞我承父兄教差亦解苦辛洛市十餘年所聚略等身兩世三人勞羅致傳家珍讀之方未盡每愧紅蟫鱗以視百城擁誠如附庸臣井蛙而遼豕未足跨龜麟要資儉腹糧聊當粟一囷況有希世物呵護宜鬼神此皆筆耕得善價分米薪非果有不廉詎令天生瞋胡亦爲賊據屋悔西南鄰聞我尊閣地萬雞令司晨可想油素積賊見怒且齧大半供爨燭劫火同暴秦

否亦污穢旁布囊紛前陳天乎無乃惡我淚常霑巾惻惻念吾寶寶甚金與銀慘哉芸根香終古不復新

賊婦作何狀略似賊裝束當腰橫長刀窄袖短衣服騎馬能怒馳黃巾赤其足自從入城後忽效吳楚俗夜叉逞華妝但解色紅綠彼或狐而貂此或紗而縠鬼蝶隨風翻豈問春寒燠頭上何所有亦戴花與木臂上何所有亦纏金與玉錦絝不蔽踝但禁裙六幅更結男子襪青鞵走相屬鴃舌紛笑譁羣集踞高屋朝去朝賊王官以女頭目旣定兄弟籍乃盡姊妹族（賊呼男皆曰兄弟呼女皆曰姊妹不以老幼異稱）大索從閨房一見氣敢觸慘慘眉尖蛾撞撞心頭鹿小膽皆鼠銷修頸半鼉縮吞聲出門

行敢云路非熟十里更五里倘謂行不速喃喃怒罵多稍重
且鞭扑襆被未及攜知在何處痡求死無死所求生則此辱
苦恨小兒女徒亂人意哭棄置大道旁不復計慘毒長者乞
食呼幼者蠅蚋蔟我急還家看幸未被驅逐
三月二十八有賊叩門急我先出門外去賊十步立其旁一
人者善氣似可挹稍稍前問訊家乃楚夏邑城中販麥來被
賊苦拘執千里驅相隨笯鶴雙翼戢謂我敵厥戶毋貪蟄蟲
蟄遯日括婦口一一豚入苙今已至此方豈免駒盡縶有婦
性和柔賊畀爵一級此方所經營意在澤雁輯汝宜速作計
戚里廣招集故廬仍可居庶幾便樵汲況汝有病人衾裯亦

所習當斷若不斷黯黯閉門泣坐待賊捘掠臍噬悔無及彼賊皆蝮虺枯莞在呼吸我聞慼其言不覺欲長揖往告鄰家婦附處約三十當闢施闌幕藩籬略修葺妻兒踦閭語聲尙通嗚唈老母室內眠我遂不得入我有然諾友業織錦重襲其家賊所留逋客陌而什且往從之謀盟似責車笠脫身寄朱家觴豆都仰給朝去市饘粉貴抵羊乳汁雞子與菰莧聊當紫葚拾踵門遙遺母餐飯糞如粒歸眠複壁中夢醒被池溼

將軍遲不發賊愈得意鳴一軍將北旗一軍將西旌居然據蝸角豕突思長征前所得健士逃歸半空營城中更選八萬

千立取盈凡在工商賈按冊尋其名初猶作狡獪各以嬴老
更賊見皆唾棄唾棄爲不精擾擾十數日賊亦知此情乃爲
搶掣計中夜雷交轟簿錄臥榻側牽去如春醒或則假他役
賺之出嚴城授棘江上岸載以空舟輕甚且要諸路隨處施
長纓纍纍獲千頭歸紡庭前檻監守綱愈密語郎蛙目瞪有
亾則荒閱同室巢俱傾偏伍既略備命爲前驅兵其後楚北
虜其後楚南黥最後數粵賊高騎司鼓鉦日必窮足力次第
相告偵苟有反顧者速殺尸前橫飲泣操戈矛安知幾許程
猶幸所至潰賊自馳先聲偶遇　王師怒萬死無一生捷書
則曰賊某日先登爭臣等獲大勝此戰敵克勍可憐蒼與赤

遂作鯢而鯨九泉哭呼天豈復達　聖明我雖棲喬柯一日常數驚身無蟬翳葉終恐受醢烹老母問其故手書斯勸行我行既已成如雞唬出甕區區殺賊心尚未解醉夢自謂賊中來賊情億頗中懷刺千軍門聊以所見貢要之爲鄉里泣血大邦控願求返魂香敢比盆智櫻我言賊可攻不信試詢眾雖在五尺童亦知非鑿空何期賊命長我力難斷送徒以全家陷此計仍拙弄長歌痛定篇能定阿誰痛

過龍溪見製小戰船知將由後湖緣臺城者也漫書十二韻

百手丁丁斧刳舟七尺輕傳聞習流隊作計戴星征將渡氾

南水因登莒舊城裹壇窺閒道持練集新兵杀擊池鵝亂誰
鞭天馬行不冰橋豈合有樹塹難平一葉浮中夜千金當木
罌飛來同巨筏越頸定長纓此地賊無備其功今可成如何
當大道已自播先聲洺恐囊沙壅淮防瓠火明寄言籌筆者
甚矣子之情

北去之賊自江浦過滁州出臨淮渡河陷歸德圍汴二
首

此賊江南去當時誰守江生平向公子國士欲無雙列帳關
蹲虎先鞭夜避龙只今歸不得未戰莫疑降
竟出中原路由來古戰場豈知千里遠更少一軍當無限杞

人意憂非在洛陽去天今尺五步步要金湯

追紀五月初十日事贈同學張君荷生

面目焦黑汝何人泣數行下爲我言四月之初脫羅網自念殘命甘從軍獻書首言募兵事爲有城內諸逃民誰無父母與妻子欲救奚翅溺與焚仇讎未刃苦無計及鋒而用斯銜恩民愚皆不自量力舍生萬一能生存此議初上未許可同病人已先知聞蝗勇蠭義願效死四千餘眾何紛紛一錢粒米不受賞但憑歃血盟言眞五月初九奉嚴令按圖索馬當明晨明晨官軍大破賊急須此輩從風雲是日四千人者至各囊大餅懷在身短衣特書復仇字刀光戛戛秋水新折枯

湯雪期一舉拔山淩波豈等論官軍或言戰危事怒髮上指
眉不顰此時有進已無退謁足蹩上天邊塵行行去城未五
里賊纔望見齊反奔隼飛猱進逐之猛呼聲直徹高城垣城
垣巨礮喑不發重門洞啟無人門全城已是掌中物只欠合
戰殲殘魂官軍步步常在後到此忽作中田屯大旗舞動金
奏急道有地火埋機輪城中了無立腳地如雷震起都千鈞
固知賊不解爲此曾何所見皆云云嗟乎民本非賊敵大力
恃有官軍援儻能孤行自殺賊在城豈惜清妖氛今者官軍
旣告絕近城復退悲風呑從此心寒氣亦短勢難復聚飢腸
貧君謂此事可怒否哽胸熱淚冤誰論我今告汝冤休論將

軍螯汝方汝瞋幾欲殺汝訓汝勳儻其殺汝訓汝勳汝今已作無聲燐

初五日紀事

前日之戰未見賊將軍欲赦赦不得或語將軍難盡誅姑使再戰當何如昨日黃昏忽傳令謂不汝誅貸汝命今夜攻下東北城城不可下無從生三軍拜謝呼刀去又到前回酣睡處空中烏烏狂風來沈沈雲陰轟轟雷將謂士曰雨且至士謂將曰此可避回鞭十里夜復晴急見將軍天未明將軍已知夜色晦此非汝罪汝其退我聞在楚因天寒龜手而戰難乎難近來烈日惡作夏故兵之出必以夜此後又非進兵時

月明如晝賊易知乃於片刻星雲變可以一戰亦不戰吁嗟乎將軍作計必萬全非不滅賊皆由天安得青天不寒亦不暑日月不出不風雨

有賊回據安慶且入楚矣

賊自上游至長江路二千連城棄如屣原不解乘船南國萬檣集東風一炬便何期多護惜卻助勢滔天專閫非無意留他去路長可知重入楚未必是還鄉北騎通河洛西塵接蜀羌掌紋吾暗數黍室替徬徨

初六日將辭諸營而去

旁觀不覺舉棋頻梟鳥聲多漸惹嗔吾舌能令金馬泣軍心

只似木雞馴侯嬴有劍難從死伍員無簫欲救貧徒賺北堂占鵲報猜兒已作後車人

初七日去大營擬寄城中諸友

十萬冤禽仗此行誰知乞命事難成包胥已盡滂沱淚晉鄙惟聞嚄唶聲自古天心慳悔禍雖余人面錯偷生一身輕與全家別何日殘魂更入城

於蜀兵處見一五銖錢較常見者輪郭大三之一銅質澤甚綠沈入骨決非贋作鄙見爲諸葛治蜀時物蜀人相傳是漢武帝賜諸將者語無可考漫成一絕句

鄧氏銅山已劫灰此錢傳自柏梁臺當時誰買臨邛酒親見

文君數過來

酒人船歌 有序

余友熊君自龍溪顧一舟邀余同至王墅既登舟則舟人蔣姓其舟固每歲泊城内運瀆河去余家僅數十步余與陳子月舟何子濬成小作妝點常遊於青溪數里一時士女皆呼爲酒人船者也當賊犯江時幸脱出在湖熟日以供行客來往其舟中之物則皆灰燼矣問答未已向余泣下余亦不覺惘然復買酒與熊君盡醉作此歌詒之

龍溪橋上酒人醒龍溪橋下酒船冷酒船舊泊城南河曾費

酒錢如水多每迎花片飛紅雨便劃萍根送碧波櫂聲驚動
提壺客愛問青溪潮幾尺張鐙不學夜銷金邀笛難忘春泛
宅此船不與眾船同青漆爲闌布作蓬竹几藤牀宜釣具香
篝茶竈稱詩筩朝來載酒青溪去只覓有風無日處渡頭垂
柳樹閒藏巷口紫薇花下住斜陽萬丈徹中流更借層陰傍
畫樓一路卷簾催理曲幾家燒燭照梳頭渠儂纔起我儂醉
窗裏歌成船裏睡吹簫打鼓暮霞邊遙指船如火龍至船前
天上月華生月爲船多不肯明移船我卻尋明月北出青溪
卽仙窟酒力辭人欲化雲月意侵人都入骨五里煙深芳草
岸蓼穗成團紅不斷風過輕分碕鷺開露沈濃壓流螢亂菰

首橋邊盡處停恰隨漁火夜深青何處魚山吹遠梵多時銀
漢看飛星更闌漸受背涼足船回須繞青溪曲青溪船自不
還家千朵萬朵珊瑚花錦城步步無歸路一艕柔聲一艕遮
四邊蘭麝熏人走無計別離仍買酒一杯遙賞落鴻驚一杯
替罰濃螺醜罰太分明賞更勸銀箏無數不知聞但論吞海
能千斛豈惜如泥又十分沙棠林列全無色歌舞停歌看飲
劇酒名狂到玉釵知笑聲催轉金輪白從今呼作酒人船弄
船人亦酒鑪仙問酒從來瞋俗客浣花早與約明年明年約
已今年到今年春被潢池盜青溪羅綺半煙塵何論青溪船
上人船是鯨吞遺下物人是鵑嗁死後身人將船共依村社

來往炎官張繖下田奴買作趁墟牛驛兵賃當傳書馬有時風雨宿蒲葭晚飯篝鐙自歎嗟誰信小姑祠畔路曾伴天孫門外槎此此人此語太辛酸況我方悲行路難何意相逢偏在此聲聲痛哭鷓鴣裏坐上疑留當日香眼前還是東來水橋頭酒價問何如少得停船一醉無

至王墅喜晤蔡紫函　琳

我行至善橋卽知君已歸題壁數行書明明君珠璣五處蹤迹君先後常相違我遂至鍾山妄欲憑軍威句當金陵事一鞭借指揮抵掌千萬語語語乖兵機善刀昨乃退身在還苦饑今朝喜逢君君體亦不肥君行新年初二日至　帝畿

帝畿稅駕時南事日已非翻然辭春官手指身上衣驅車急
還南豈不夜策駬詎知賊在城反是官軍圍只今三月餘不
見慈親闈君母幸安善君婦能先幾故居雖已遷姑婦仍相
依我況母多病桑榆尤珍暉身本留城中往往賊察譏久睽
晨與昏難守雲邊屏老母因命行萬一解縶羈所志竟不成
無分司鼓旗君當謂我何豈爲知音希龍溪澄之子亦復同
歔欷寄書欲迎母安得空中飛歧途吾三人未暇談式微舉
頭天自寬但見陰霏霏

十六日至秣陵關遇赴東壩兵有感

初七日未午我發鍾山下蜀兵千餘人向北馳怒馬傳聞東

壩急兵力守恐寡來乞將軍援故以一隊假我遂從此辭僕僕走四野三宿湖熟橋兩宿龍溪社四宿方山來塵汗搔滿把僧舍偶乘涼有聲叱震瓦徹睨似相識長身面甚赭稍前勸勿瞋幸不老拳惹婉詞問何之乃赴東壩者九日行至此將五十里也

得祁兒死信一百三十八韻

當我行計成汝病三日矣汝母送我行詰汝病何似汝母謂汝恙癒靜亦遺矢惟聞爺將逃意似愁不喜母令前牽衣涕泣難熟視其時事太急欲夜闖賊壘不復與汝見脫網三十里明日書報家尚問汝知否戒汝病甫差勿食桃杏李汝母

寄我言汝第貪粥酏五月二十六紅日西滅軌我方寓樓眠如夢背驚泚明明汝投懷電掣光倏弭默以心注心頃必汝魂駛兼旬憶汝勞望信斷鴻鯉六月旣望夕我舟秣陵艤舊僕城中來特奉汝母使初道汝尙病音哽雜商徵怒使畢其說不覺淸淚瀰始知一月前汝母設詞詭念我千軍門恐亂人意耳我行辭家時汝實困牀第其後體益沈弱肉消至髀終夜長聲嘶蘵絝躁自褫脣焦飲索冰茗盌碎諸齒大抵汝驕陽墮地肺熱痞昔惟犀與鷹性命得所恃賊中買藥難致汝藏府毀前日來尋翁乃果汝魂是是時汝迷瞀已久氣復弛明旦雞三號汝遂蟬蛻委不從生父生竟從死父死祁兼嗣爲

先兄子五月二十六日爲余生日而二十七日即先兄忌日也祁於余生日天初明時已危甚忽張目謂其乳婢曰今日非爺生日乎婢曰然祁不復語其日入時遂昏去數刻蓋即入余夢時也既漸蘇至次日天初明時始氣絕乃與先兄死同日若果有意爲之則尤可悲矣

汝生今七年材地雖不美已識數千字可免亥誤豕爾雅蟲魚名偏旁敢縣揣毛詩四萬言琅琅略上觜諸家蒙求書熟記古名氏索解稍易處龘亦達大旨性尤喜塗鴉禿翰濁墨滓虛室暫無人破壁走蛇豕袖中餹粉錢都售毛竹紙我嘗惡汝貪教汝學種柿自汝伯父在（祁之嗣先兄在先兄棄世之後母命姑仍舊稱蓋欲待余再有子也則祁之稱伯父久矣故不改）細意校文史殷勤鑿檻藏顧汝立階戺往往笑語汝爲汝儲耒耜他日遺汝田在汝好耘耔於汝無多求但願作通士汝意殊欣欣自命語

甚侈期盡手口之然後從宦仕居然中結習油素好積窠凡我所經營草稾尺有咫下至楚棄餘點黈半瘡痏皆汝縹囊物排次納之匭有如希世珍尊閣私在己他人苟誤觸汝必瞋且訾昨者賊之至倉皇盡室徙盆甒各負戴廚櫥互角犄汝猶抱束笥當戶喘而俟繼聞屋豢雞書棄若敝屣一賊帽其多朝趁積薪爨汝獨大詛罵恨不刃狂兕與書殆夙緣厲父差可儗滿意汝長成雕蟲世其技汝面方如圭汝目澄若水汝髮纚總角早自矜帶履準爺作裝束翻不慕紈綺每言是男兒詎與嬌女比戚黨羣童中庶幾鶴雞峙汝食雖韭藿數必爭兩簋食徹誇留餘分餉諸媼婢小妹奪而去亦不難

色鄙向夕我飲酒汝志在染指姑未乞殘瀝敬立執壺釃須臾竊舉觶眉宇潑脂紫偷閒偶戲劇闐噭厭街市最好爲館師端坐據高几不知譙訶誰聲聲責人跪有客來叩門汝即先曳跣肅拜通寒暄遠勝傖輩俚或再試之無深談掌竟抵常博高軒譁謿我喬遜梓汝性微戇劣汝毋屢笞箠我惟挫汝鋒命杖輒中止汝郤畏爺甚頗解折蔓恥縱極剔蹶人我呼則唯唯凡汝平日事了了不勝紀敢曰癖譽兒猥效王福時原非阿龍超祁小名阿龍大要老牛舐何圖玉之樹香色結空蕊豈免猨嘑枯茹痛徹筋髓更念汝大毋痛尚當倍蓰頻年大毋病長臥不能起百無一歡腸獨愛汝步趾知汝習禮貌

不惜錦帘被稱汝幺身裁改製服禔禔謂汝多老成决是好
蘭芷但非蓬近麻猶恐橘化枳聞汝鄰塾歸當飯必停俟召
汝叩所學詞句覓瑕玼日課責既畢賜汝最肥胏慮汝睡之
蚤燒燭還繼晷授汝唐賢詩記韻裹粟以汝讀請大篇顏霽
笑曰哆夫豈督汝嚴欲汝璞恆砥且藉遺老懷課孫樂故爾
我之爲逃人汝代職滫瀡有汝在眼前門閭可無倚一旦天
奪汝招魂室伊邇能勿肝脾摧空拳枕衾捶哭久喉舌啞洟
唾滿縈匜至撫汝病者汝母娣若姒遙知汝病篤食已減穅
秕頃來火應斷塵冷土竈錡向人作喑嗚面垢髮弗纚癡絕
焚紙錢賣盡舊簪珥汝今掉頭去野路陰風裏幸有汝伯父

挈汝竄荊杞相依九幽居鬼屋何處址晨夕儻嬉遊想訪汝褘姊饑寒當汝調汝更幼於彼可知憶生人黃壤陟岵屺可知生人悲黑海失涯涘況我近中歲汝外尚無子六世二百載金氏孰尸祀余家自宛平遷江甯已二百年及余爲第六世今惟余一人而已顧影此孤注神悸魄潛靡只恐羸者身我病復此始聞汝奄逝後桐棺賊禁庀貯汝故衣櫝四周實絮枲昏夜急埋汝偷掘菜畦坻淺土封汝穴仍僞種蒿芭暫免狐犬搜雨甚斯立圯我瞻金陵城鐵鑄萬千雉將軍收城事未易時日跂他年尋汝墳汝定飽螻螘嗟者我今生無見汝骨理哭汝不成聲濡筆盡於此字皆汝所識聊當祭汝誄知汝聞不聞寫吾哀而已

烏江道中

車塵三百里處處稻苗齊樂歲無豺虎仙源此犬雞客愁如水冷鄉夢與雲低倚樹消殘醉病蟬時一嘶

飲石學山履祥野秀軒大醉用朱東巖丈九日學山齋中宴菊原韻奉呈

梅已銜霜菊猶有狂客憑詩來獵酒主人愛酒得酒偶謂我今宵可三斗韓公吳公二豪叟且勿頹唐宜抖擻以花下酒兩不負以酒寵花花解否我初亦學處女守胸有怒霓忽窺牖自春及今幾辛酉江甯初陷時雜占有金雞之讖說者謂俟辛酉日可滅賊今日則冬辛酉也蓋已五辛酉矣我尚哀鴻過江走除卻酒鄉日一卣安能耐此亂離

久多君種秫命耕耦釀此醇醪如趙厚冷腸一酌熱生陡呼酒來前立鐙右與爾何讐掣吾肘昔年貰爾春在手今日見爾只低首酒不能言意已剖瞢騰語汝黑甜後飲汝酒者是艮友

議團十首

四鄉環郡城地近五百里郡城處其中百之二三耳以外皆膏腴有古數縣址五里或一村十里或一市村市繁居人十萬戶何止況皆聚族處若祖父孫子承平二百年十世盛生齒太半富有田名久埒陶倚連房各干霄峻與雉堞比賊今踞城守勢已建瓴矣賴有官兵圍賊尚未至此諸君當此時

豈可巢幕喜

官兵日以老戰勝未可必賊糧餘無多早是縣罄室遥瞻陌與阡青苗密於櫛晴雨無愆期滿卜有年吉竊恐賊狡獪陰俟農務畢刈稻從琅邪一旦潰隄出諸君孰當之此其可慮一

賊縱無此意忍餓不一至頗聞諸道軍餘丁善生事當路掠貨財夜與農屋寄農材皆至愚愚則必嗜利豈無莠者種潛挾跖蹻志鬼魅來無蹤巢穴據便地諸君孰討之此其可慮二

村民縱善類歲豐無過貪城中逃人多幾許露宿男近者天

暑甚瓜果各遠擔餬口錐刀微破綺何能衛眼前秋風生體赤僵如蠶負販物漸稀寒餓未必甘但使紛乞食蠭聚已不堪且勿設他想更作驚人談諸君孰驅之此其可慮三

我爲諸君謀不如急團衆團衆衆何人卽此燼餘鬬凡能爲患者材武必自貢選而衣食之綏其有生痛然後教之戰刀稍責命中請以三月期決不兒戲弄感恩斯效死敢復身命重若得精卒萬以百健兒統差非官軍流日日在醉夢此四可慮者可慮使可用

用之何事始始斬亂絲亂將軍有明令軍法列星粲罪或毫毛輕指名頭立斷剟爲白晝劫胡容若輩悍今之團鄉兵本

以衛閭閈藉解行人圍詎謂耕越畔法宜參保甲戶口籍重
按雖極荒僻區行掫必夜拆示以聲威聯有警鼓赴難家儻
藏老姦風聞定先竄此五可慮者可慮使可散
旣散墟落塵吾兵亦散處四圍當賊衝以備賊大舉何山賊
經過何水賊渡所何徑賊步捷何營賊氣阻米聚毋罅漏棋
布各防禦步步仍聲聞疆界無爾汝臂指相趨援百隊同一
旅此六可慮者可慮使可拒
可拒僅可守可戰即可攻可守則無患可攻斯有功賊意欺
官軍不敢來城中幾輩賊大方分寇西而東見眾守城者罷
劣雜叟童不過三賊王嵎負虛聲雄及今奪城入譬乘船順

風時乎弗可再未聞兵遲工又況所團衆來自無家窮孰不
念婦稚痛哭常椎胸剸刃仇讐心睡亦髮上衝與言奪城事
眞若振瞶聾一尙可當百所貴試及鋒
我昨挾此說欲佐將軍戎將軍頷其語且食蛤蜊蟲志在賊
自去還與粵楚同諸君儻此行愼勿官軍從計惟語將軍聊
乞遙傳烽捷茍萬分一將軍專侯封將軍或見許不致成算
空他日諸君勞　帝豈無詶庸吾黨二三子心事燒焦桐不
願列姓名但願觀始終
所費團兵貲郤非錙與銖諸君勇解囊何惜財區區上答
列聖恩下惜冤禽呼遠銘　國鼎鐘近完社枌榆留意此短

章濆聽諸君無

是役也蔡君紫函實啟之余首附之蔡君爲文以示四鄉諸君子余就所議語退而以韻觕排比之不敢爲才語向人也議凡十日蔡君適病城中同志之士不期而集方山者蓋數百人而勇於任勞怨則余與何君澹成孫君澄之不敢謂後焉至於難民億萬輩願與於奪城之役者已相望於百里數十里之外矣時四鄉諸君子以次至意亦許可諾義助者漸有成數有前太守某方說許撫部鳩鄉人金以復城後入賑遺男女爲名撫部韙其計鄉人前已繆許之及聞諸君子之應此舉有成數也則恐不利於其所

爲乃以危論聳撫部撫部竟檄上元江甯二邑令收與此議者未嘗義興周玘之誠幾賈東陽許都之旣於是議中寢矣竊謂當時此議若行狼𤡆負嵎蝨沙集矢其於收城之功蓋亦未知得當與否若四鄉之防則三年來必有如一日者賊安能尺呑寸削以至有今年五月之慘邪憶癸丑之十有一月所下 上諭有鬪江南士民傳書誓眾助戰攻城云云似此議聞諸 京師得徹 聖聽而已無救於一紙之爰書卒之苻登食人陰獄無霽段漊送女村井成灰城未復而鄉亦縻焉其怨不得不有所叢也

方山夜坐

山僧嬾留客蔽榻委泥潦病牆飽雨痕地角生緑草我倦命
枕簟酸汗夕未澡頗期蝶夢甘塵味襲頭腦蒲扇難停揮熱
甚大煩惱起來當戶坐立地上蓬蒿是時孤月明浮雲散零
縞松杉張直葢團影無荇藻露脚侵衣襟清趣耿在抱四邊
蟲鳴多久聽壯心槁此聲將秋來可知人易老一劒磨未成
鬢眉恐已皓半空風忽狂如吼走南道幾欲挾山去力直逼
青昊豈其魈蛃雄志竊星斗寶嚴陣此夜行萬怪振旗葆抑
是虎之孽阬谷死灰燥思鑿銀潢流野嘯召羣獠使我毛髮
竦齒噤魂失保如何太虛府戾氣許横掃九閽怒有權聲罪
想致討雷部多遷延雌伏似褒媪憑誰奏便宜痛哭向大造

有客鼾而呼妙語笑絕倒謂蚤蠹嚙齧齧或撲殺蚤此孫君澄之語也知君苦微蟲眠亦不復好荒村雞方號休辭起舞早

奇獄

奇獄驚神鬼含沙幾費愁欲憑城社力一網盡清流不復有人理將無爲賊謀黃金昏汝智吾輩又何讐

避喧

避喧且障眼前塵鉤黨風聞事竟眞幾輩達官瞋滅賊何時長夜醒逢人只揮熱淚訓同輩時城中逃人聞有方山之議已皆於所居村鎮瀝血誓衆以待翻奇權辭慰老親不道壯心如此盡回頭仍作苦吟身

軍前新樂府四首

## 黃金貴

黃金貴貴何似一兩舊値銀一斤如今一斤有半矣借問軍興時黃金又何用路人笑且瞋軍中買者衆大帥積錢塞破屋老兵積錢壓折軸縣官錢尙如泥沙各買黃金私寄家黃金著翅飛天涯自從二月官軍來督戰未暇先理財所縫黃金囊可築黃金臺軍中黃金多市上黃金少朝市黃金貴暮市黃金了吾儕覓得金錙銖尙博全家十日飽書生聞之笑口瘖昨來悔不談黃金一言或動將軍心將軍努力入城去賊是黃金如土處

## 無錫車

無錫車聲隆隆百兩肩東千鮓封醇酎十斛莽十籠白布萬端衣可縫圓蒲五萬能生風不腆土物軍前供軍前供孰所致下邑士民犒軍至瓦全自拜諸將賜當暑聊存牛酒意叩門先謁中丞吏一日二日車初來三日四日車未回五日六日車夫催車上物無人收車夫幾夜露宿愁物下車遠道留車夫明日餓死休車夫譁吏有語中丞誰位開府汝何人斯通縞紵必有黃白金一囊少亦青銅萬貫許汝宜急補物阿堵汝聲再苦則殺汝車夫哭相告我是村民蠻城中命我來一刺一禮單刻期速我還雇値尚未完士民非屬官況責賄賂難吏瞋方罵奴膽大中丞無言策馬過車夫含淚守車坐

市儈來探無錫貨

接難民

接難民善橋東接難民善橋西善橋東西路易迷難民出城必到此賊或追至身爛糜文者官武者將跪啟將軍語甚壯願分一軍善橋上遥爲難民援能使賊膽喪將軍諾諸軍樂善橋東喧鼓角善橋西旗幟卓老鴉噪曉日出纔軍士提刀紛走開或隱山之阿或伺水之厓束縛難民橫索財殘魂驚落面死灰豈無碎金與珠玉搜身逼脫韈絝襆亦有鈍物稍倔强郎謂賊諜城中來殺之冤骨無人埋難民過盡軍士集諸君帳下蟻環立若官若將十四三軍士瓜分十六七所接

難民凡幾人黃昏幾處沙頭泣有時眞有賊追至諸君按甲似無事

半邊眉

半邊眉汝何來太守門下請錢回太守門何處所鍾山之旁近大府大府初聞難民苦公家徧括閒田租旁郡金檄上戶輸一心要貸難民命聘賢太守專其政太守計曰費恐濫百二十錢一人贍太守計曰難民多一人數請當奈何我聞古有察眉律呼僕持刀對人立一刀留下半邊眉再來除是眉長時防蠹術果奇作蠹術斯巧豈但無眉人不來有眉人亦來都少惟有一二市井姦賂太守僕二十錢奏刀不猛眉猶

全半邊眉可三刀焉否則病夫眞餓殺癡心尙戀一朝活拌與半邊眉盡割吁嗟乎有錢不請非人情眉最無用人所輕眉根不拔毛能生徒令人醜紛惡聲利之所在人終爭人但有眉來有名太守此日長街行見有眉者皆愁城太守何不計之壽千錢刲人耳與日萬錢截人手與足終古無人請錢至太守豈非大快事

雙拜岡紀戰

我過雙拜岡紅日漸西入一隊蜀郡軍赴戰意甚急道旁皆狐疑相隨頓雲集前行未百步楚士兵各執狙伺何人家環屋四邊立倘欲踰垣看攀樹當梯級蜀軍自東來呵逐楚士

開楚士轉身鬬戰聲馳如雷大刀狂有風長矟疾於雨雙拳鷹髆兕獨腳象鼻吐貼地捷進猱衝天善飛虎身掀車輪盤氣振屋瓦舞纔驚彼洞肩卻是此斷股額批創更裹胸貫罵猶苦直似父母讐豈但酒肉怒從來攻城時未見今日武雖各數十人半里暗塵土觀者魂盡褫前揖敢笑阻兩軍戰方酣一人怒馳馬竟從此門出瞬巳到山下楚士紛逐之讕語餓鴟啞馬上必蜀人楚士所捉者蜀軍志擁護鶵散亦走野吾儕好選事略息行人喧稍稍相問訊來窺此家門門中一幼婦頳顏自呼冤我亦不必問汝亦不必言

將問

我何言問諸將諸將之來自　天上　帝視公等何如人專闖半是熊羆臣相期併力殲黃巾他年一閣圖麒麟公等件賊八千里於古步步綏當死軍興於今四年矣神州之兵死億萬以罪以病不以戰大官之錢費無算公半私半賊得半奏捷難爲睡後心籌糧幾奪民家爨今春自楚東下時賊船如馬江頭馳頓軍何事來偏遲坐令嚴城入賊手五月不能攻下之公等尙學飮醇相白頭老盡連營師　天語勿謂督責寬雷霆只是駢誅難謂當補過桑榆晚酬　恩不負登時壇昨聞北方賊中原數郡犯及今無寸功罪狀誰末減君不見百戰百勝新息侯征蠻到死譏逗留

兵問

兵來前吾問汝汝今從軍幾年所且不責汝無事年年年用國如山錢亦不責汝近年事事弓刀盡兒戲只汝出門時汝家復有誰若父若母若汝妻若兒若弟若汝兒骨肉哭路歧不能親相隨旁觀代銜悲祇汝歸無遲自從送汝後竟無見汝期古人亦有言生死半信疑何知汝身在身在心死久煙牀鴆毒甘博局梟采負帳下畜村童路上誂村婦村民米與衣結隊惡聲取縱免將軍誅可告汝家否汝家儻聞知念汝罪難赦老者愁可死少者悔可嫁壯者欲汝囚幼者亦汝罵汝或猶有心不淚當汗下計汝惟一戰功罪在反掌豈

但慰汝家報　國受上賞君不見中興第一韓良臣本是軍門舞槊人

雙將行

如我語語謝將軍將軍何以威名聞賊不敢劄鍾山雲鍾山在東營最後西前一營倚山右逼賊一里與賊守其將白面二十餘一槊殺賊賊不如賊以千刀來一槊已入刀中呼賊以萬火來一槊已出火前趨賊懼賊且退一槊闌賊當溝渠賊敗賊乞命一槊驅賊如羊豬東城之賊夜不眠由來軍中有一全參將名玉貴更結一營鍾山南但願賊至戰便酣其將短身近三十兩刀飛舞對賊立開門延賊賊不入出門挑賊賊

不集捉刀稍前賊走急賊走未步刀已及刀旁衆賊環而泣但聞刀聲颯習習不知所殺若干級衣上半邊人血溼南城之賊塵不揚由來軍中有一張都司國樑名軍聲仗此二人在鍾山尙在桃源外將軍無言坐帳內

全君者黔人起卒伍在楚南有禽僞王子功甲寅春已官總兵奉命佐和春督師攻廬州君至則當賊而營戰甚力其六月膂骨傷於礮經數醫鐵丸不得出憤極創潰卒

張君者字殿臣粵人自賊中來歸今已積功至提督幫辦軍務方全君之去江甯向榮督師指臂惟君一人而已三年以來賊狠衝豕突致君奔命不遑雖積有威聲所向披

靡然循江上下南北人皆待命於君則君亦勞矣今年五月鍾山之潰君適逐賊溧陽（或云六合）聞而馳歸衛督師東下止於丹陽督師旋以憂死時賊勢方盛分數道並進君以死力走之嘗於一日夜來往三百里內各與賊戰戰比勝他軍亦數萬君所不至無敢戰者苟非君一人搘柱阢隤則常州以下東南郡邑事未可知焉他日吳中尸祝之報竊以爲不在向督師而在君也（丙辰八月補識）

鄰婦悲（時復寓鍾山南二里之村民劉氏）

還家不得處寄居非家時涼雨睡未起但聞鄰婦悲鄰婦作何語一家十三人中春纔幾日盡死餘一身此禍何自起起

自賊至夜夜半聞刀聲走避北山下遠投山下村村中阿姊家自然驚失魂隨風播在沙風沙將魂去老幼一時病舅姑年最高先後遂竝命夫婿及小郎未嫁阿妹三比肩小男女四女纔一男此病死略同彼病死不異朝死棺未封夕死棺又至官軍駐鍾山四月歸家來生者尙何人一女嘑母懷頃者天大暑此女復病死生者尙何人屋內一身矣如何乞醫藥死者未死前死者旣死後如何償葬錢惟有一塊田亂時向誰賣賣後衣食難但恨一身在一身豈免死死胡獨後期一身豈惜死死更無人知人間人不知鬼路鬼自熟貝願作鬼安不願作人哭不願作人哭哭聲已不支問答有老翁欲

慰難爲辭鄰婦如此悲所以摧心肝我非鄰婦悲何以眼鼻酸

見彗七月初八夜戌亥之間見西方有後日早半刻至八月初遂不見

半輪秋月外頓見一星長直與繩同體明如燭有芒衆亦雜驚喜或謂彗見是賊方盛時或謂彗見則賊滅是二說者余皆未敢知也余說只尋常彗自經天走西人論已詳余於天文無所知惟古以彗占驗者亦不事推之其周天也亦約略可得其年歲如道光五年所見之彗至道光三十二三年閒當復見今則正其時矣西洋人之言天文未免與王荆公同病然其所見之年歲能預言之恐亦未可厚非耳以俟博雅君子敎我焉

將渡江之全椒作書寄母

入秋已一月別母今幾時母之命兒行謂獻軍門奇百謀不

一合前事母盡知近來寄人食十日常五飢身上衣綺單涼風作聲吹前者瘧又發熱甚體頗羸牀頭無一錢村中亦少醫全椒舅若姊書已三回馳召兒居全椒今日兒難辭當兒出城來萬慮不到斯一城尚隔絕渡江況遠離束髮受書初侍母鐙下帷母言教兒勞翻視科名遲常常依膝前負米底不怡讀經至肓左包胥退吳師小子沈后臧入吳與母隨一且自歸楚棄母甘如遺葉公不正視兒弟生鄙夷論史至典午劉琨急義旗奉表命太眞母裾絕臨歧旣去幷州鄉身遂東南羇功雖敵士行天性識者疑母輒呼兒前毋效若所爲所爲非人情不念生平慈兒亦跪白母但效萊綵嬉似此忘

親恩豈不根本虧何圖夙所貶一一兒蹈之母猶寄賊中兒竟遊天涯母今病若何賊是無行期何年面重見何月手復持何日聲相聞何時淚對垂兒縱得長生白髮臥者誰作書忍辭母强顏述愁眉雖多慰藉語大要同面欺遥想母見書絕無責兒詞責兒兒已遠惟有長相思相思願兒健仍似從前癡癡極思更苦定復悲不支悲時孰勸母當未生此兒果未生此兒何無此日悲

宿烏江

鼙鼓聲漸遠客心愁更多回頭望鄉國來日竟如何

曉發

單車碾殘月村巷答雞聲花露逼人冷葛衣如紙輕江空催曙色山瘦讓秋晴親舍日趨遠白雲何處生

抵全椒 余生於全椒九歲歸江甯今二十有八年矣

襄水重來老大身兒時井里認難眞誰知竹馬看花地今作池魚避火人以後生年原幸草無多客路已勞薪望門隨處欣桑梓倘甥舅爭先話苦辛

到全椒後徧飲諸親友家

乞食居然似壯遊到來宵燭總句留羞談軍事同胡賈愛問鄉音又楚囚 諸親友家頗有江甯人寄居者 酒力能除兼月病蟲聲不改故山秋人前彊道思親苦豈抵重幃老淚流

## 聞落葉聲有感

夜夜空階落葉橫因風隨處答蟲鳴紙窗如墨每疑雨華髮成絲是此聲蘭芷江邊遷客淚蘼蕪山下故人情飄零自分無歸日略向歧途訴不平

## 呈從舅吳築居先生

我生方八歲全家寄舅居深深修竹中許借聽雨廬阿舅纔中年仗筆爲農鋤遠作珠履賓歸已逼歲除劇與我父飲到鼓一中餘我幼何所知階前鳴輕琚阿舅月旦寬道甥器璠璵其時浩然師郎先生弟余第六舅也下帷治經畬我母屬多病命兒就受書讀了不異人蠢蠢奴牧豬不過問字勤朝至髮未梳

宵雪侍披吟免觸屏風呿阿士無文章何以當過譽明年還
江南行及燒燈初阿舅惜甥去門前送登車諄諄語我母長
路毋苦渠別舅從此始見舅日以疏惟當試秋闈阿舅來自
滁一月金陵城我母接笑唉謂舅非外人食恆糲與蔬舅必
叩甥學陳編孰獵漁我敬前請益常得疑團祛後來舅漸老
名場厭齟齬忸愧意常慵罷劵博士驢我尤負舅望少壯成
棄樗碌碌局轅下足不出里閭我母況更衰家乏升斗儲寒
氈急甘脆塵務漸紛挐地雖百里近欲行仍姑徐與舅遂隔
絕似限參辰墟前年吾師亾會喪豈躊躇適我痁甚危天末
哀空茹遙知阿舅痛一翼忽折鶵鼓琴失舊曲老淚常溼袪

我母每念舅氏日意不舒詎之尺素通情話難畢臚今來投
舅家叩門自愁余長身臏骨在瘦影疑山魈面目黑且醜蓬
髮森栟櫚回首三十春如瞬馳居諸何知拜舅時乃作逃網
魚阿舅幸尚健教甥停欷歔薄田歲有收不愁甥食糈為縫
秋衣裳且脫六尺練舊時我居屋百花香露滑大好尋鶴夢
月地魂蘧蘧所恨行過處久哭絳帳虛阿舅待甥厚敢辭春
風噓眼前母家人日日歡相於我母臥圍城舅謂悲何如

馬總戎龍卒於軍弔之

若論江南將如君頗不多志難忘墮甑語必到揮戈獨戰能
行否無醫奈病何別時珍重意今日為悲歌

九月九日

登樓忍餞素秋殘尚有清明淚未乾敢望菊開容手把但聞萱好亦心寬愁多自厭鴉聲亂別久方知馬角難等在山城風雨節眾中我獨不勝寒

上海城陷縣令袁君祖悳死之其賊魁曰小金子前已為袁君所獲而未殺至是竟為所害

屠伯原非治行宜奈他覵釁輟耕時效尤竟敢欺彊弩用猛何傷斬亂絲一命貸狼搖尾易萬聲讐鳳噬臍遲盤根錯節今都是寄語龔黃早主持

宴築居舅小園坐上諸君皆有贈詩賦酬

過江原似故山行卻戀南雲夢不成許我看花先蓄淚對人把酒且吞聲胸如冰塊因誰熱鬢有霜華早自驚青眼未須頻屬望飄萍從此是餘生

過吳氏園本余外祖家園也今别歸一吳氏其後樓爲余初生處

一樓燈火半河濱地名半邊河曾此呱聲夜惱鄰翦燭尚留垂老客有先君子舊好一二人尚能識余覓環已似再生人滿栽黃菊都新樣還倚青松亦夙因豈獨傷心慚宅相眼前誰是舅家親

過達園廢址弔吳山尊先生

先生駕鶴三十年在何州島爲神仙人閒遺下好樓閣回頭

一夢成雲煙想因圖畫似天上不教久落緇塵邊斯園四美
我曾見先人舊宅園東面締交夙證雷陳盟結鄰晚遂羊求
願其時先生方棄官謝逋招隱還名山謝逋招隱賣賦買山先生園門聯也種
樹眼前名節表藏書身後子孫看不須金谷豪絲竹何事平
泉珍草木先生自構將就文外人早羨瑯嬛福胸無萬卷通
人才談何容易停車來題襟不問草元字秉燭難登文選臺
酒非三盌驚人量亦莫輕來此堂上鎖門投轄嘉威侯廣座
傾尊北海相別有生平廣廈恩更令海內仰龍門但聽平津
賓客語都識洛陽錦繡春我年太小纔勝衣學書尙恐辛羊
非偶從先人拜山斗舉頭四壁香塵飛不知林壑是何物臨

行但乞花枝歸一自先生埋玉樹先人亦返金陵住望裏還知星聚堂長成尚記鶯啼路漸有人傳水石差漸聞人說散煙霞紅蕉栽入衙官屋幺鳳分棲駔儈家我猶未信無椽氏大抵蓬蒿徧階下徐鉉故園今賣茶李靖荒祠誰養馬今來頻過小橋旁不見藤蘿一寸牆半里寒流戀荒徑四邊衰草占斜陽零星略有幾拳石黃葉疏林不成色石下宵眠守茱傭林外朝逢掃薪客園名偏有路人知我況先人杖履隨若說蘭亭觴詠事要似西州痛哭時（先生於余亦得爲舅家）當日斯園月與風尚在誰家詩卷中海上從來多蜃氣南陽沁水千秋同先生雲際定含笑不用招魂向碧空

贈滁州張瑾山 瑜

結客無家日先嫌衆裏身吹簫當末路傾蓋得斯人酒好休辭病詩多不計貧桃源何處是可許結比鄰君先賊未至自滁州遷全椒近又將遷居遠鄉

拜舅氏吳履吉先生墓四十韻先生諱坦以諸生終無子惟一女適楊氏郎今余所寓也余幼時寄居全椒受外家恩尤多

山色瘦蘼蔦溪芳寒菩荾爲尋蠅弔冢遠至雁鳴郊懷舊銘剜蘚銜哀坐藉茅請從西景睨與奏北聲脩姓望唐韋杜儒修漢服包酒兵誰敵虎文伯此騰蛟熱手羞因竈閒身老繫匏平生千卷業流輩幾人交神促乖龍夢先生卒於辰年兒遲綵鳳

胞遺珠一星小埋玉九泉坳長夜今尤駛餘田孰守墝墓旁本先生田今巳歸他氏只添秋草宿難免惡塵淆陳壙妖狐捐荒溝狻兎跑野燎焚宰木鄰糞漚滛背雨潤耕偷墾冰乾獵趁罕村尨肯呵護山鬼亦欺呶不信藏魂魄由來等影泡紙錢慳蜨舞麥飯斷鴉捎棄豈參軍忍悲胡太傅敎若令餒眞苦未必恨全抛昔我生初歲寒家旅寄巢母懷剛學語舅膝每編髻賜果調行急分花祝饋姣替支歌蹈蹴故試字礅礅肩緭容塗墨琴弦聽放膠風神江最賞月旦阮何謿慨自門停鵬愁過室綗蛸詩無元禮說書尙涅陽鈔九載甥依甯三春客渡灤兒時恩竟負天外首空抓欲訪齊蒿里還陳楚蕙肴有心澆

趙士何日返秦峭昨以鳥遭紲新爲魚避罩此鄉桑宿蔭華屋竹看芭般帳燭曾翦謝庭棋罷敲慘從橋墓祭敬代鄭孫庖先生沒後十餘年始嗣一族孫在遠鄉亦不能時至祭掃病蜂驚蓬末餞鷹瞰樹梢喧闐逢社鼓髮鬚過雲旛敢謂靈招鶴聊當淚制鮫芙蓉城在望歸慰蔡家婺

聞江甯婦女有出城者十月之後賊許婦女出城采薪乃有逃者自賊婦官至村民至我兵以次賂之事可不敗然吾母臥病之人則無如何也天之酷余甚矣實余不足以回天俾母病早愈耳

天遣春柴老人欣夜網開但令金有用不至命難回獨我臨風望遙知伏枕哀筍輿猶未可況得杖聲來

哭湘帆戶部二首有序

君名壽昌滿洲鑲黃旗人世駐防江甯君以道光乙未舉鄉試一上春官未第適改駐防人鄉會試例用國書非君所習驟學之不能盡其奧遂無聞達志吳縣馮景亭先生來主惜陰書院講席奇君才時駐防人官京師者仍得如京旗人與漢試先生赴官京師與君乙未座主今相國卓公謀乃囑君納粟得小京職駐防將軍不聽行督部陸公力主之君始就部為散員得與會試以道光三十年成進士改庶吉士咸豐壬子散館又改主事君仍鬱鬱不自得君體素羸白入　京師益常常病今年之春聞賊趨江甯

走健僕來迎毋夫人及妻與子未至而江甯陷家羈賊中不得出君病遂篤四月卒君博研諸經尤善言說文假借學所著書皆未成惟夏小正疏證間巳具稾文入南朝人室詩宗蘇長公 本朝滿洲人之文章經濟多有遠勝前朝者而江甯駐防中則如君者實從前未有君與余及蔡君紫函琳孫君澄之文川交最密余於十月在全椒始聞君逝驚逖之魂才力愈苶蓋未足以輓君聊存短奏用塞悲耳

春風容易替回寒如此招魂底用官 帝里傳人伊古重江東才子到君難名山有約分金鑽滄海無情降玉棺幾輩天

涯同志在一時都恐淚珠乾
半爲干戈阻石城靑春有夢總鵑聲全家尚在亂時過一命
先從愁處行他日誰猶問遺稟斯人天竟肯虛生長安煙火
非君福不但玲瓏病骨輕

寫在營諸詩示客題紙尾

筆端何事好譏彈公是公非欲掩難倘忍百分爲借平國諱敢
誣一字與人看歌行未必當呼史笑罵由來自作官論著潛
夫詩歇後我今膽大署從寬

江甯糧臺爲兵所掠

如何平地有風波減斛量沙竟反戈若輩狠心誅自快諸君

象齒計終苛寄家方恨黃金貴到杭誰知白刃多此夜萬聲燈火裏不知村井幾驚訛

北警有作

此賊江南守城賊江南欲戰戰不得料無人奪江南城分走中原到天北遷延竟作　至尊憂此日羽書馳帝州此日江南寒漸甚諸公無事正輕裘

祁兒生日枕上作

七年前汝此時生夜雪初停雞正鳴今夜雞鳴聽殘雪枕邊只少汝啼聲

詩卷零星付汝收睡時夜夜閣牀頭如今定在灰塵裏此事

思量淚也流

校吳次山先生遺稾

悲來欲酹五千卮恨不留君到此時河北陳琳先氣短江南庾信太聲雌本無枯樹驚人賦竟有韓陵其語碑第一羇棲眞快事擁衾苦校故人詩

出門

寒衾貪獨眠遲起尚云早冒雪叩人門不信貌枯槁誰知黃塵中午飯炊已好主賓虛左留豈類亭長嫗長揖從此辭乞食亦有道

小飲呈築居舅氏

寒花拂檻酒盈巵都是辛酸欲淚時芒刺繞腸無著處苦吟夜夜不成詩

歲暮

暮天霜氣慘斜曛寒到羇人更十分欲訪梅花吟卻嬾未嘗椒酒意先醺經秋偃蹇羞遲死盼曉飢烏悔失羣家信萬金無一字長江百里斷知聞

落花生三十韻

甚欲藏先敗萍雖化亦凡未聞珍果飣乃自落花銜涸海潛消鹵童山廣鑿巉田難宜我稼種別乞仙函方夏靈根孕延秋怒蔓髟葉圓貪欲露茗曲巧攀巖星蘂黃欺蒨雲絲綠借

杉無聲金暗墮有味玉初緘香汞從敎治團焦詎用監含辛
蟲不蠹埋秀鳥奚鴿霜重晨收芓冰乾暮伐欃貨防眞棄地
人競遠攜鑱藤朽蘿剛縛蕤繁豆敢㕘披沙和草搠篩鐵恐
泥攙珠串多連貫銀丸或獨嵌寸疑蔥樣斷鐵孰裹紋劉折
處腰憐瘦拈時手稱摻兕瑱拋素粒吹絮解緋衫餹裹翻嫌
潤鹽霏略配鹹分甘兒拾慧下酒客除饞販粟來塵轂包蒲
趁估帆每迎新歲早如累左高咸水戒當風漬霉愁漏雪黴
論錢輸錦市饋橘此瑤椷況此冬心畜闕民日用碞醡油肥
當餱烹飯飽呼饜粵野忠思獻齊農笑更枕底尋芳譜載似
鄙小言拈榧許書功竝瓜還禁食嚴長生名可安醫術問天

讒

枕上

孤鴻嚦處柝沈沈病有眞魔睡敢侵鐵縱鑄成都錯字桐經燒後是焦琴鐙昏不照吞聲淚酒熱難澆忍死心籬寄也愁風鶴警由來我本是驚禽時廬溷亦陷於賊椒邑頗警

漫作

人說殘年盡余愁此夜長由來微醉後無夢不還鄉家信隔江水春歸更斷腸鐙昏了無餤欲睡幾商量

除夕與楊君儀吉家宴

依君五月忘飢寒今日宴我徒悲酸君翁白首兒束髮大家

燭影紅團團杯斝獨勸座上客到此能醉無心肝感君情深

拜君賜忍淚不流聲彊歡

除夕又作

遙知姑與婦今夕睡尤難粥椀和冰薄絮衾經雪單相看惟

涕淚不惜忍飢寒應更憐逋客一枝何處安

甲寅元旦聞鴉

村樹惟棲鴉向曙鳴最早鄉夢徒荒唐累汝報春曉俗耳無

鍼砭每爲惡聲惱我謂汝能言畢竟勝凡鳥九閽夜沈時啞

鳳知多少但有臨別辭緘口世所寶他日汝東行慎哉好音

好

吳漢西金署表兄以正月四日與邑中諸名士遊程氏園林得聯句十四韻明日見示索和余用其韻得四百二十言奉酬兼示諸君子

新年俗所尚聚歡紛雜哤入市輸金錢翦綵矜春釭夜燕爇高燭鉦鼓喧聲摐或招羣少年梟雉喝不降何異兒童嬉拋堉而緣橦諸君非其倫閉戶酒一釭乘興偶尋幽勝侶奚寡雙雖無鸞控車不用驄繫椿雖無海人槎不費吳孃艭蠟屐平生蹤行行渡漁矼梅信有人家新香姑射娏叩門忘主賓席地憩勞躞是時雪初霽斜日紅半窗坐談松濤邊輕風時琤瑽溪流帶冰聲石上鳴淙淙塵夢欣遊仙直至天色氃茶

力逼酒消八斗才同扛作詩印鴻泥字字吹鐵腔歸來不厭晚新月剛垂杠詰朝寫示我氣結徒腔腔清福獨我慳莫振聾與矓一世黃埃多坦途亦巇嶮況我遭亂離脫身從戈鋋忍死背鄉井幸託甥舅邦此邦亦風鶴日日心鹿撞驚弓鳥之孼彌覺寒戰懮敢云乞食樂遂若佛卓幢儻復志名利死眞謚駃惷安得武陵源地可承耕稷我欲偕諸君追陪足音跫其間有佳趣古風尤敦厖人皆老不死髮禿眉且龐春酒廣種秫冬粥兼蓺豇先人安墳墓何必阡表瀧子孫不讀書恆農性乃悾山鬼餇蘿荔游女秉蕒茳病餘自采藥每得芝苓邦居然天上人雅馴及雞尨不遺青鳥使誰馳萬里驉不

許桃花飛誰挂三春籆斯境徒妄想我心繫南江薄醉聊呻吟哀音答村梆

送瑾山移居花山

一度別君如一歲相思夜夜定同心尋常得見尚如此況君入山今更深自有桃花供嘯傲可憐萍梗只浮沈何當盡脫春衣典多買村醪細酌斟

全椒南郊晚步

書聲琅琅梅花香一時吹送春風忙知有人家不知處山雲溪水天茫茫燒火難灰草心綠夕陽漸放人影長獨步五里不忍去半身新月山昏黃

病瘡

周官法旣廢瘵創失專科使我似豫讓胑體自折磨使我似李廣百戰身經過尺寸無完膚試藥每舛訛初覺蠅餂蛘背人掌睛搓須臾蛺蜨驚左右肱投梭直欲自剜肉恨不鍩齒磋爪煩苡刺生毛孔猛著齹鬛噆更蠍螯聊復輕摩挱試觀熱處斑色作虹醉酡了了千百泡星斗參差羅破之黏有水草露霏巳俄慘痛從此深必鍊盥一渦大抵一之日鍼鋒孕幺禾兩日根飽滿珠粒交纖蘿三日濁血盈釘乳嵌稚茄四日敗膜焦錢輪翦雛荷滑豈沫吐髮堅卽紋旋螺穢疑糞抱蟯腥是泥鑽蝌小或頭聚蠶大乃眼剔鵝醜則癩之蟾俊亦

痳者駝此纔鼠出胞彼又蠕入窠萌芽自十指似蝕白起戈
莛蔓至兩臂似爛王質柯漸欲偏袒戒露肩似頭陀漸欲面
壁忘抱膝似達摩漸欲上牀定坦腹似釋迦人猶責箕踞胡
似粵尉佗豈知股將斷已似荆卿軻人猶詫曳足胡似馬伏
波豈知脛可刖已似楚卞和晨夕事水瀹魂想遊汨羅非種
方日滋說苦難縷覼惟有腸尚淸健飯略似頗惟有舌尚鋭
數典差似鮀大可召賓話支枕謝養痾進餐一坐起重茵柔
勝莎時復數尊酒仍中歡伯魔倦即垂帳眠尋盟春夢婆不
必怒張拳得蝨無力捼不必傲舉趾躡蟻步且蹉閉置斗室
中休問白日蹉善學支離翁守到鬢髮皤借我無是福未築

安樂窩特我此病由非闢窮愁多至竟禍所胎藏府孰孽囮
將謂熱淫叢我飲皆白醝將謂肥膿蒸我食常青莪將謂蠱
塵汗我亦近浴鍋將謂藴陰毒我不好殺鼂豈其溺我影蠼
螋集鬖鬖抑逢蜮射沙我躬紛中碧胡爲重夷傷惡鬼不可
儺始知千金軀平日貴護呵養癰與索瘢皆柄倒太阿一事
狃結習可致天薦瘥癬疥雖不害疾頗非幺麽掃除力甚難
抵拔山岷嶓我必小誤耳詒患成蹉跎世有知言者當不謂
漢河顧我固有罪在天意則苛不荆楚而刑顰眉教吟哦凡
地盡有牢市闖禁婆娑因首呼問天天是酷吏那況我戒征
途乞食將自佗方當飾傀儡脫去舊笠蓑往從下客竽接席

冠峩峩無論骨不媚迴殊細腰娥乃裹皮太嫗來自文身倭
敬前欲長揖肘怯袖復拕只合徒跣踞有鄉慚著韡可想龍
東形所至蒙譏訶貴臣過門前倚柱遥聞珂嗟我非碩人且
軸而且邁若再三月坐不爲辭薾蛾竊恐混沌死要策蓉城
羸夫詎乏良醫奈已囊空何爲此淚洗面又似李八哥卻作
嬉笑文還似蘇東坡誰歟最嗜痂請聽我彊歌

江甯死事詩十四首

江甯布政使司祁公 宿藻 公字幼章山西壽陽人
進士自壬子之冬督師陸公赴楚城防之事公以一
人任之逮賊之至公力已瘁癸丑正月二十九日賊

既圍城公登城厲衆固請啟城一戰督師及駐防將
軍宗室祥厚總理籌防前廣西巡撫鄒鳴鶴皆不許
然其時城中固無兵矣公憤甚歸即歐血數斗是夜
卒公之初視政也策書院諸生以金陵利弊問余對
獨言兵公甚韙之蓋至是公未嘗不悔兵之不早集
也

忍見環城賊英魂上訴天是眞身報　國不在戰功傳未事
柯先假能軍瓦或全書生知此意血色定千年

欽差大臣兩江總督陸公建瀛　公字立夫湖北沔陽
人進士公受命督師在壬子之十有一月江南諸道

夙所稱爲勁旅者先已調遣略盡公僅率吳淞罷卒二千人以行時賊方陷武昌挾衆東下上流亦未聞有撓壼之者而公獨迎賊而戰軍於湖北之武穴旣戰大潰還江甯不二十日而賊至公守陴十日瘠甚二月初十日平明時聞儀鳳門壞儀鳳門北門也公時在南門急率裨將數人往先過東門請駐防將軍兵爲援行未至北門而賊自他城登者已走及小校場與公値公督裨將巷戰遂遇害副將佛爾國春從公死公之遺武峽而歸也潰江各大吏之防禦如何賊何以能速來江甯其上流之軍皆與賊自粵楚相

先後而下者犯江之役何以尾賊獨遲其情事非隅見所能詳則公之功罪亦容有吾輩所不能言者至於城陷之日公實首殉之既彰彰在人耳目而專仇公者或有他論則不敢與聞矣

羣醫同釀病俞扁尙難回孤軍況羸者深入能戰哉矢忠房太尉鼓譟石卭崍地下鬼雄在應呼殺賊來

上元縣知縣劉君同纓　君字清溪江西新建人拔貢生城防之役自方伯祁公外無勤如君者當儀鳳門初壞時君督城上軍以空櫬實土復絫米囊立築之初十夜尙率勇士數十人閒行移布政司庫銀數

十萬於縣庫中志在戰城內賊也十一夜駐防兵盡敗没君乃走出明日赴縣治後龍王廟前潭水死說者或謂賊入城後知君能欲降君以一黃旗畀君走君乃以劍自剄非事實也時江甯縣令張君行澍字海門者於督師殉城時奔告君出即赴四象橋西河水死亦所謂衆見共聞者而事後多謂其未死則眞愛憎之口矣故附表之

得君十數輩辦賊亦何難未死心猶壯多勞膽早寒補天資片石埋地牘狂瀾豈有豺狼性車前拜好官

上元縣學教諭夏先生慶保　先生字履祥儀徵人

舉人城陷日四學師皆散走江甯省城凡六學時府學訓導武進歐陽先生晉守城死惜不得其事實先生獨止其廨命役市阿芙蓉膏不可得盡以所畜十五金授其役曰我死以此市薄棺掩我尸餘則餉汝慎勿救我役諾之乃懷印而縊而役已呼他人救之矣先生恚甚其廨之旁有吳生者謂先生學師不殉城可無罪請父先生彊先生居其家約乘閒奉先生逃先生持不可方勸勉閒賊已至詰先生何人先生曰吾官也探以印提賊賊刃擬先生先生大唾罵遂遇害

先生平日志兩字盡人師大暮方含笑旁觀自逝悲十年眞

冷宦無飯活妻兒若果作斯想難爲飲刃時

守四方城淮安兵　淮安兵者漕運總督標下兵也調守江甯者凡二百人儀鳳門初壞時諸城駐防兵聞之先退守內城新募兵萬餘人亦隨之而散賊乃得由清涼門及矮城緣梯上惟淮安兵仍守四方城不去四方城者南迤東之城角也故名地非賊所必經然賊欲速下城則往往經此淮安兵皆殊死戰自晡時至夜將半已殺賊無算旣而火藥器爲賊鳥鎗所中火大發衆稍稍卻遂敗於賊二百人僅有存者

諸君亦癡甚奈此一隅何已啟連城鑰徒麾落日戈從軍家

食久許國死心多安得淮陰士當時四面歌

滿洲全城男婦駐防兵既退守內城初十日昏時諸外城已無守者居民亦皆閉戶矣賊乃聚攻內城內城雖婦人童子能戰者無不致死力凡戰城下一日夜賊之死者蓋已萬餘而賊至愈眾內城乃破自將軍以下至與戰男婦皆死之賊遂屠其餘得免者數百人而已

一人都一戰到死氣如雷不殺萬家盡嚴城未可開頗褫魑魅魄拌築髑髏臺斯壯帝鄉色鵂鶹夜莫哀

前浙江副將世襲雲騎尉湯君貽汾　君字雨生武

進人祖父皆死臺灣難者君用廕生官至副將軍以
詩酒罷官歸寓居江甯城陷日君賦詩一章自縊死
先是君營別業於冶城山下晉卞忠貞公墓旁卞氏
子孫訟君侵墓域君挾當道力不爲屈至是君亦殉
賊難然則君固卞夫人所謂忠孝中人也其於卞公
必有相說以解者故篇終及之

君豈能無死家風帝所庸賦詩完結習難得是從容眞氣定
常在西山最上峯卞公忠孝者今後儻過從

前山西忻州知州曹君森　封工部主事胡君沛

曹君字寶書上元人進士起家縣令官至刺史　予

告歸胡君字燮園江甯人貢生晚受從子主事 封城陷日皆衣冠自縊死

儘許商量活高年一命輕承 恩周命士守節漢經生鬼趣甘泉壤人倫重姓名兩君何可少纔不愧簪纓

諸生王君金洛 君字蔗鄉上元人君好談兵方賊未至二十日方伯祁公屬君募鄉兵練之倚君甚重君亦慷慨自期許兵未集而賊已至矣城陷日君預懷大石洞重門待賊先一賊至君殺之繼一賊至君又殺之繼數賊至君舉所殺二賊首示之賊前擊君君走後戶赴水死君平日勇於作爲不知君者有周

孝侯之疑篇終云云惜之乎白之也

縱使君專閫兵機未可知才雖勝處障事已等輸棊即此磔梟首居然留豹皮葢棺斯論定畢竟烈男兒

機匠父子　機匠某者居西南城隅下浮橋右委巷中與三子皆絕有力賊初入城比戶括財物苟屋非甚華敞則入閉則去於是居人皆閉戶匠戶獨啟坐候賊其室僅三間各以一子主之置刀杖隈處賊眾至者則傴僂肅送迎賊見其無長物輒棄去賊若三二人或一人至則必止賊過其家賊才入即鍵戶而守諸子視賊所至室執而殺之於後圃埋荊棘中既

埋賊復啟戶如是者十數日所殺賊將百其繼也鄰有老婦人忽戒一賊毋過其家事遂露羣賊夜來圍之與二子皆鬬死惟中子得脫此余癸丑五月聞之於橫山村民蓋亦爲機匠城中去所居非遠嘗親見其殺賊者說時略述其姓名今余忘之矣

健兒終并命彼婦竟何心魂魄或無恨生存巳到今大家都敢死何賊不成禽十日磨刀慶中庭殺氣沈

青溪妓　青溪妓者其姓名傳者異詞姑闕疑賊既圍城諸妓樓皆早徙此妓獨留城陷後一賊入其家知爲妓欲犯之妓不許賊將逼之妓甘言緩賊去爲

窮絝裝赴水死

豈可滔天寇而容近妾身半生爲蕩婦自古有波臣縱欲移家去春城總惡塵此時心事苦吾輩又何人

武昌女子　武昌女子者在賊中姓名爲朱九妹然眞僞未可知其全家爲賊所驅自湖北移江甯癸丑之冬僞東王欲納之僞東王固賊魁也女欣然入賊王宮宴驩甚女潛寘毒藥於酒若食中進賊王持之急爲賊所察立磔死於是賊選色之令遂弛焉

此亦霹靂手何妨見色身不聞教坊曲猶唱費宮人事豈論成敗天宜鑒笑顰餘威賊膽碎兒女受恩眞

張了頭　張了頭者里巷習拳勇之民世所稱爲無賴子也城陷後浮沈賊中近一年能終不爲賊所得蓋其智有過人者甲寅二月張君炳垣既與外兵成謀計非有勇士不能斬關迎外兵或舉張於張君張君使人説之張不可曰張君知我我必自請我乃爲知我者死耳張君聞之即日過張張大喜許之至期張袖大刀夜至神策門盡殺守門賊二三十人候外兵外兵迄不至張遂惘惘歸既而賊推殺人者甚急適張君事已露有知張附張君者白諸賊賊乃捕得張張呼賊速殺遂先張君死先是有倪了頭者亦以無

賴稱於賊陷城日凡賊獨行委巷中倪伺左右無人卽袖出刀殺之凡殺七八賊賊終不得主名後不知所往與張爲二人邪抑卽張而傳者倪其姓邪故附表之

纔知刀有用熱血滿身歸殺賊心原在收城計巳非三軍常健忘一載只長圍値得酬知己江東賤布衣

諸生張君繼賡

君字炳垣上元人自圍城時君與當事謀所以守禦者甚備事不必盡得行行亦不必及於事城既陷君卽日變姓名屬僞北王僞北王亦賊魁也所私屬凡數千人君察其解事者時時說以

大義並陳利害誡之則皆色然動君知其可用乃與鄉人謀之各以其親知從一時之潛結者半於城於是楚北人爲賊脅者聞君事皆爭先附君雖楚南粤西人亦往往而至君部署略定癸丑八月遂以五千人名上諸向督師願應外兵督師喜所以嘉許者逾常格既與之約皆失期爲督師謀者欲自飾其誤也且多方誤君城中人皆咎君語不誠稍稍散而君時時往來督師營受賊譏察亦數瀕於敗蓋至甲寅正月而君力已憊然君之衆猶千有餘人乃約二月五日殺神策門守賊納外兵外兵未赴以雨辭張了頭

死焉而君之事先露矣賊收君窮君黨刑毒非人理君與賊游久凡賊之勁勍能爲賊出死力者君皆知之君輒受一刑畢則曰吾黨夥汝以冊來吾徵汝則出冊君以筆志其名賊卽駢戮之十日中凡死四百餘人皆昔之勁勍能爲賊出死力者也於是賊之驍大損賊亦悟惟苦君令言楚北及江甯人君遂無語餓已死賊轘君尸故凡與君同謀者皆得逸出於是無應外兵者矣嗚呼君之死也最後而君之死也亦獨慘余特以君殿焉癸丑十一月余聞君與營中往來自全椒急馳書綏之蓋余留營中幾一月有以慮

其事之必不成矣惜乎君意方鋭也

萬戶俟相待原拌七尺軀鬼都瞋賊酷我敢哭君愚黑海橫流是靑天醒日無連營消遣過苦費大聲呼

江甯之陷也在事文武專防守責者前後各殉其事蓋未聞有爲賊得者即閒散需次諸君亦往往勇於授命至於兵士之喪元又意中事矣其城中僑居士箸之戶自薦紳以至齊民城陷時倉卒爲賊戕者城陷之後縊者溺者焚者焔者或老弱同歸或死亾略盡鬼録所登殆不可以千萬計至一年以來執者以謀遁洩語執者以文字挑釁執者以他事株連其見殺於賊者又若而人苟言其義憤則

從同而概爲表揚則反漏他日公私祠祀俎豆千春必有總其成數以爲一書者吾所謳吟今姑舍是固非有所愛憎恩怨於其閒而謂死事者之止於此也甲寅三月識

是卷半同日記不足言詩如以詩論之則軍中諸作語宗痛快巳失古人敦厚之風猶非近賢排調之旨其在今日諸公有是韜鈐斯吾輩有此翰墨塵穢略相等殆亦氣數使然邪若傳之後人其疑焉者將謂醜詆不堪殆難傳信卽或總其前後讀而諒之亦覺申申詈人大傷雅道然則余此詩之得罪多矣頃者江湖遊食更無執廡下人問五噫歌者殘秋無事以其爲昔年屐齒所在故仍端錄一本存諸篋中聊自娛

悦不但無問世之意亦竝無示客之時佗日齒邁氣平或復以此爲少作而悔之又不但去其泰甚已也丙辰九月自跋於松江寓樓

來雲閣詩卷二終

# 來雲閣詩卷三

上元金和亞匏

## 殘冷集

余以甲寅八月出館泰州乙卯移清河丙辰移松江數為人師自愧無狀惟以詞賦為名於詩不得不間有所作雖短章塞責而了了萍蹤未忍竟棄遂積爲卷葉此三年中乞食則同也而殘盃冷炙今年爲甚夫殘冷宜未有如余詩者矣乃寫自甲寅八月至丙辰十月去松江時詩凡百有餘首命之曰殘冷集

甲寅八月自湖熟移家至全椒十六韻

全家今四口，九死一生餘。半載棲村落，秋深不可居。海隅將乞食，汝輩復何如。惟有椒陵戚，時時尚寄書。倘能容客戶，行矣雁鳴初。身外無長物，單衾裏敗袽。輕擔煩老婢，妻女共柴車。塵步余尤苦，隨人偶券驢。過江三百里，喜趁估舟虛。偏値連天雨，空山斷米蔬。幾囘貪賤價，不飯飽羹魚。直泝西流盡，斜陽指舊墟。依依甥舅舍，情話重搴裾。爲我籌風雪，居然賃敝廬。寒衣縫上褚，到臘夜春儲。還是慈親澤，低眉痛暗茹。

過揚州

殘樓破堞暮鴉愁，爾許煙花醉夢休。月色照人從此少，劍塵埋地問誰收。賊去後書籍寶玉遺棄滿道中頗有希世之珍而爲不知者所得賣之既無善價遂往往損失

無邊海水添鹽竈時淮南鹽法幾廢而鹽則甚賤幾日城居又茗甌城中賣茶者又幾千百家矣莫把喧聲巢幕事渠傳消息到瓜州瓜州尚爲賊據

落葉和陸子岷鍾江子岷爲立夫師次子時方寄居泰州之姜堰館余於家

秋老江南逝水深拈花證果事銷沈可知駐馬躊躇客自感青青舊日陰

冬筍二十韻

蓼荒葵老後胎筍又三冬竹巳銜霜醉苔還碾雪封暗中鞭自長迸處土難容田壁深埋璞沙錐短露鋒芳根應伏鄭病籜那成龍進飯憎齏臼迎暄命菜傭梅鋤和月借菊棱趁泥淞拳曲貓頭覓彎環鹿角逢匆光新蠟沐綳樣薄綃縫銀管

留纖穎銖衣褪內重切來雲絮輭點到水花穠踞竈饞涎溢堆盤煖玉供無聲冰乍破如屑粉初鎔清極膏嫌膩甘餘酒讓醲其香經宿飽有味比春鬆凍縮佳人指陽回太守胸班羅寒谷早禪趣冷時濃篝火燒尤便衝風晛肯慵豈須談合浦休便笑吳儂不忍輕投箸傷心獨孟宗

落花生三首

旁藹側荔也尋常一樣瓊瑤滴滴漿剛被江南人見慣可知身是返魂香

殘紅多少付銷沈浩劫埋香太不禁未必飄零都有用土泥滋味怎甘心

聞說風沙徧海濱無言難道不傷春憑誰報我花時節去作生前證果人

題溆浦舒伯魯[燾]郎中遺稿

崔盧門第稱狂歌何事傷心對綺羅漢室郎官年最少長沙才子哭偏多綵毫竟耗愁中命金榜除登死後科山館寒燈讀遺稿教人豪氣也銷磨

晚渡邵伯湖

驅車晚至湖湖水千百頃不見水波興但見色耿耿由來十日寒凍作冰湖整欲行終狐疑舍車買釣艇柔艣難著力只以短篙打一打僅尺餘船進與步等時復柄入鑿玉龍聲屢

哽有如玻瓈瓶因風斷寶綆又如梧桐錢帶露落金井此時
萬籟寂半月早當頂四邊老樹多冰上繪春影其餘惟參斗
直下寒芒挺霜華巳暗生衣縫溼如梗我從飄蓬來第一此
奇景大聲將狂呼聊用讕語請願得海上仙借我鍊藥鼎敲
取鐵與石煮作七椀茗或者天帝女乞我釀花夐酌之成蜜
醪痛飲搏酩酊庶幾眞味醲消我胸骨鯁奇想殊不經登岸
去巳猛若許中流停清趣十分領便從漁師眠今夜定不醒
塵鞅汗未乾何愁夢中冷

渡江投村舍宿

山色到江窮殘年此轉蓬路長貪落日野曠助來風火外驚

尨亂雲邊倦鳥空單車忘暮冷溪樹月明中

曉發句容

侵晨十五里風猛稱徵醺霜力能忘日煙光欲趁雲澗冰添馬路戍火奪鴉羣山寺鐘聲徹下方人未聞

過江浦

萬頃冰田簇麥芽故山遥見夕陽斜竹聲夾澗葉如雨松影護隄霜尚花荒驛夜寒聞病馬空天路直望歸鴉浮生已分長羇旅將到家時轉憶家

晚經江浦西郊墦間作

若非萍梗客此地月誰看一歲四來往空林今暮寒出門猶

得飽行路敢言難故鬼渾相識揶揄語不酸

全椒除夕有作

薄暮山城野祭多黃泉求食遠如何白楊衰草江南路盡是無家鬼哭過

將以上元日戒行有置酒留者即夕口占

傷心如我甚燈月底相干多事留行者深杯不肯闌漫言春色早爲惜客途難豈有桃花面容人淚眼看余賃居在桃花塢椒陵一勝景也客或留余俟桃花開者

過六合時方禱雨

春麥半枯農欲死三年況未息干戈若傾過客傷心淚應比

皇天一雨多

泰州道中有黄梅花一株余去年過此時已開今尚未

落感而賦此

淺水疏籬不斷春絕無悲喜是花身與君别後三千里不信

請看衣上塵

得家信知林女尚在

别來學語始牙牙我爲餘生萬事差聞汝去年歸逝水只今

何處作孤花牽衣應謂他人父墮地安知舊日家寫盡零丁

嘑盡血死前眞有見時邪

聞周氏姊村居窘甚

平生恩重勝同懷亂裏傷離淚未揩病久早驚頭似鶴餓多
今想骨如豺遙知獨力蘭羞薄豈有餘生蔗境佳欲致一縑
休道晚可憐萍梗阻江淮

寄全椒汪赤城彬兼示諸君子四首

臨別飲君酒酒消常口香只今明月夜夜夢還鄉此地皆
塵土殘春半雨暘一枝無可寄檢點舊時囊
已賃桃源住飢驅更出來我家門外樹遥想萬花開君輩喧
山屐居人幾酒杯狂吟紅燭底是否憶傖才
北地原餘孽傳聞漸可平名王酬　聖慮南道盼威聲狂寇
何時死吾徒信再生廬邨幸安穩魂夢近無驚

出門七十日此第三回書驛騎揮鞭到期君指敝廬醉鄉數君子問訊更何如儻爲鵑唬苦多情或和余

淮南食鮰魚有作

肥於刀鯽膩於鱸淮市氷多幸未枯記得江南春盡日滿船花片小行廚瀕江居人耆此魚者往往買舟泊江岸俟舉網時買得卽於舟上蒸之至家而魚熟矣

秋舩移居泰州庭前有海棠一株身巳半枯殆百年物也其枯處復旁生一枝與舊株相抱作花甚繁秋舩名以子母棠書來索詩余擬更之曰抱女棠卻寄此篇

史君庭下抱女棠當時定是昌州香慣把酸心欺月姊不將

醉臉媚花王胭脂山色正嬌好半面妝停自嫌老接葉難垂續命絲分根空發斷腸草旃檀雖散氣猶存前度春風未改溫三生洛浦重迴步一縷高唐有返魂葳蕤同倚春陰綠恰似牽衣初出浴合歡羞說並頭花孝慈巧附相思竹昔日曾譏楊玉奴只貪春睡不將雛誰知解語階前樹今見投懷掌上珠遥想低鬟偷掩面等閒高燭暝人見平陽常指阿嬌憐王母頻扶玉卮倦無媒齊女莫相疑緋醋青桃父阿誰從來含笑撩人處便是奇胎墮地時成陰又過十年久時節如今當嫁否受聘休貪梅最香宜男祇有蘭如酒

題懷橋圖示王生

等是人間返哺兒有懷橘處敢嫌疑我今也作淮南客無復今生負米時

五月五日盱眙道中

日午逢人處年光客暗驚市傭蒲酒鬧村女綵衣行舊里靑溪水何時畫槳聲將軍王鎭惡天是不重生

題儀徵團蕉墩先生遺像即仿小畫山房詩體二首

展拜英風凜太阿當時想見筆公呵古懷欲挽千鈞鼎生計眞成一月羅畫餅聲名投濁易碎琴心事集枯多鳳凰羞逐籠中雉老著寬袍當釣簑

焚椒讀過浣花篇語語驚人自放顚腫背世應瞋病馬縮頭

我欲學秋鯿解經未盡周正月讀史猶遲漢八年著龔佛頭徒苦劇嗁妝齲笑到公前

出淮關

此行草草出淮陰漂絮聲中淚滿襟雞肋早知逢怒易豬肝猶覺受恩深來時春酒無賒處歸路寒衣有贈金貧賤何時更酬答餘生處處負初心

葛潭集遇同學劉生六台道中

尚有相逢地都驚白髮新病多拌速老亂久賸奇貧長路悲秋日餘生失母人孤燈同說恨淸淚浣衣塵

明日與劉生別

不盡平生事親棺葬未移有家還待食傳信況無兒與我皆
同病如今豈死期天涯珍重去衰朽要勝悲

行經六合

諸軍消息謝知聞社鼓無端鬧夕曛爲見村村村父醉一時
回首望南雲

學山寄一札來其詞未畢即書其餘幅答之

不是空函達草書何事遲竟參語歇後如讀古殘碑昨豈催
租吏來當舉燭時知君留紙尾有意挑新詩

足瘃篇柬葉翁乞藥

陽春向有腳我腳無陽春薄寒中傷之兩月行不仁肺藏有

熱疾畏近爐火純逐日曬更拙智果非葵倫猶幸作客時閉戶如鶴馴朝夕一下牀咫尺牆可循餘則雞距縮聊亦忘吟呻前日歸至家長路將及旬雖賃薄笨車山石多嶙峋日出霜乍融滑恐不受輪芭蹻車前趨忍痛難逡巡勞筋左尤劇血漲紅冰皴初忽覺奇癢中夜爬搔頻磊磊鵝起疣稜稜魚分鱗了了龜坼甲哆哆猩上脣砉乃成鉅創死肉潛黏茵自家見尚𣪘何況旁人瞋剔垢苦奏刀徹骨生荊榛晨起試結韈猛若束溼薪淚珠暗承睫豈異誤食辛敝屨不可納藉諱踵決貧偶然欲下堂先效西施顰客至彊倒屣如怒深蹙齗[illegible]舞商羊鳥畫出山夔神負匙駏驢背僵似蛛螻身始信梧

鼠技走亦難先人自笑跛子跛足音不惱鄰邉言萬里流瀣
向江湖濱天未傳予翼去足艮無因誰當作蛂憐憐此比肩
民頗有指頭禪刺刺紛前陳或言擣榴漿調以羊脂勻或言
漉椒汁煎以稻穗新吾試問諸足躄立鴟仍踆聞君有艮藥
洴澼遺方眞如今冬不戰莫售錢萬緡用救里巷病君意不
甚珍我旣抱酸楚視詎同越秦願乞方寸匕使我蠅涑振敢
冀莫敖趾高舉更八垠去泣卞和刖苦辨玉與瑎獨念頻年
來轉燭隨風塵近以弱息耗將訪梅岡姻勢難徒跣往朝涉
彊問津但令重繭者睡夢得一伸從此腳著地君德常書紳
矧君社中友釀酒百甕醇方期獻歲後許我十日親會學邯

鄲步入廁平原賓毋令君樓頭先笑躄者臣

丙辰正月十三日飲浦口村店題壁

依舊春江寶鏡光試燈風裏暗停觴一年我欲無佳節十里誰知即故鄉飛渡尙思身有翅聞歌不覺背生芒從今試問髡頭柳何日容人繫釣航

將之松江子岷以詩送行作此酬之四首

我本龍門士交君束髮時覆巢同繞樹下榻反爲師豈不增因果何期重別離舊恩與新分回首愧經帷

何事此年少春愁如草生國仇方切齒家難復呑聲與我共晨夕論文聊慰情天涯來日隔想望淚宜傾

舊學分明在相期夙好敦文章關壽命憂患亦天恩努力酬
先德清聲副大門由來珍重意仕隱且休論
君知我貧者此別故難留作客非長策餘生況白頭浮名資
乞食何日草堂休孤負平生志無家馬少游

過丹陽時聞賊陷江浦已趨而西馳急足至全椒迎眷

屬同往松江

我昔轍困江南鱗扁舟遠附全椒媚一家竟作如歸賓十千
賃屋許卜鄰豚童鶴叟紛情親雞犬見客都調馴此鄉風俗
純乎純方期銖積賣賦緡買田長寄皇初民聽鶯遊戲桑根
春羨魚自引襄流綸桑根山名襄水名一年一釀酒最醇能令鬚髮

遲生銀今雖覓食風轉輪冬餘必返天涯身有家已不愁蓬蘋何圖賊轔江干塵傳聞火逼臨滁濱西道都在餓虎齗朝發而至不待申遥知妻女雙眉顰破膽纔補驚魂新出門何處棲荆榛荒城賊縱哀憐頻（癸丑四月賊北犯時過全椒未入境）旁邑或陷齒與脣我無歸路難問津燼餘骨肉仍參辰日長誰指紅粟囷鐵鍼能謀幾束薪榆錢雖多不救貧桃花雖紅不避秦（余所居東日榆錢街西日桃花塢皆椒陵勝景）莫辭行路重苦辛及時飛渡江之漘隨我去食千里蒓回頭敬謝諸故人若甥若舅恩尤眞但願兵氣銷紅巾閭閻萬瓦全其珍他年再到神山垠吟窩終築無我瞋我斷不忘香火因

泊蘇州

胡奴說鬼豈消愁酒盡燈昏夜欲秋涼雨一城哀角動繫船渾不似蘇州

丙子至

鼙鼓連江雨接天累卿遠到海旁邊焦薪近火魂先奪散藻隨波力易還籬寄事原同鷃雀樓居時且學神仙寓屋僅商一樓量終勝牛衣泣伴我春聲過數年

爲高篙漁太守題練湖待月圖

天邊無夜月不圓誰能移家上青天眼中有月無雲煙一住一十三萬年古有神仙亦虛說大家塵海拜明月清涼世界

大歡喜喜是常圓愁是缺常圓暫缺生光遲微雲飛來點綴之江山錦繡黯無色狂風盡意橫空吹明知壽宇望中在舉頭豈免憂來時此時曠野幾人立此時歧路幾人泣黃昏大有悲聲起處處失羣孤鳥似投暗先防老蜮知問迷難覓雄螢指不盡哀鳴盡旦心錯疑長夜茫茫是此輩餘燼不足瞋奏書我欲天前陳是何使者名結璘後車更有纖阿神得無白日惟飲醇近來寒臥腳未伸其下八萬四千戶凡費天錢無算縉虎驕竟似誰家賓腰斧遊戲星街春坐視寶鏡頑生塵蝦蟆本無蝕光意不覺漸狎蟾兔馴瓊樓玉宇貪容身遂令海隅半昏黑十步五步成荆榛冷陰沈沈霧露惡荒傖鬼

鳥嘑怖人爝火無名作毒燄驚魂四散紛青燐要之月豈久
磨滅問孰受命司冰輪雷霆一决穢濁埽請聽下方蟣蝨臣
碧翁翁事何敢言且來待月尋飛軒月光咫尺九閽下此我
聞諸使君者使君來自流沙東恨劍不快與我同轗軻經過
練湖側練湖水綠花流紅多情招手廣寒府來照東南好門
戶畫作清遊雅步看攬巒澄清心正苦何當月滿銀河秋楚
吳來往長風舟使君酹酒三山頭我輩吟詩萬里流

題銘東屏太守句趣圖

五鹿一塊土放出乞世界今人不如古乞亦作狡獪或弄猴
使衣或教狗學拜或作妓歌舞或習僧梵唄或饔以足承或

椀在腕挂或飛鈺過頭或剸刃出背或挾拳技多或斷支體壞太守選其事一一入諸畫嬉笑怒罵聲自在不言外讀而意通之四坐各稱快獨我汗欲下惧心動者再祇覺尺幅中隨處有我在我家建康城東南大都會當其全盛年日習見此輩市井所不齒流品下下最夙稱九儒名畢竟壓十匄士雖長貧賤何至乞自戒一從離亂來十萬戸破敗驚禽各求棲或不得蕭艾頗闐錦衣兒往往餓難耐聽鐘趁寺齋不暇問形穢吳楚千里間流民詎勝繪況我髭親知一物咄咄怪今雖寄人籬餬口仗粗糲男兒重家室英氣已先退但餘求活心豈有名可愛一朝泣路歧寒趣漸無賴轉磨與擔水力

難從貿戴窮鬼撫掌笑教以媚播態聊復救身命庶幾死暫貸平生狂者病到此應始瘥尚有愁中愁癡獃向誰賣吹簫夫何辭不解吳儂話（家人移居松江頗苦於土音故云）

七夕五首

暮天雲意欲堆螺好雨如今未厭多牛女若知塵海渴不辭蓑笠過銀河（時方久旱望雨）

寄語雙星慰合歡更休清淚夜深彈江南夫婦重離亂儘有今生一會難

幾人眞見有紅牆五色霞邊駐錦裳爲問天孫經過處眼中若箇郭汾陽

鳷鵲橋飛引鳳樓聘錢未了各歸休黃姑落得無家累不似梁鴻廡下羞

分巧吳娃又一年香花隨處拜青天客心自爲悲秋動多恐今宵也不眠是夕立秋

松江早秋日有懷秋舫子岷

秋信江南有落桐算來江北亦秋風菰蒓不是留人物夜夜揚州入夢中

菱二十韻

此物關民食秋江又采菱貴同蔬入市豐比稻連塍泥記春池老潮添宿雨澂相看銀鏡影頓憶璧田芳種傍荷錢浴根

妨菩帶拒珊芽纖脫穎綵蔓輭交繩葉抱雲生似花隨月拜

能囊初兜綠錦繃漸裏紅綾飛處鍘偷雉行時刺礙鯪瘦腰

疑水戲微步想波淩彼美乘舟至淸歌隔浦譍葭邊深倚樹

孿末暗搴藤選豔盈筐篚售珍論斗升霞濃宜饔浸露重得

盤承柔笑中無骨堅瞋外有棱齒痕煩婢代爪力讓兒矜角

竟談餘折脂從洗後凝剝成雙翦玉嚼動一丸冰非藕何勞

雪如棃亦頗蒸風乾饒旨蓄屈到嗜還憑

　主人齋前玉蘭一株七月中忽開辛夷一枝漫占此絕

玉樹當時海㯖春一花寒趣染脂新誰令老去秋風裏作畫

頳顏若向人

苦蚤

我靜如枯禪一客不敢見幺麼汝誰氏修謁及寢宴舌端挾銛鋒來意大不善非蝨亦非蟊曰蚤苦糾纏夫汝何自來大抵熱土變海隅腥穢多非種易蔓延遂孳恒河沙散處偏庭院昌陽茜酒母桃枝灑濃霰辟汝似辟邪汝不受烹鍊白日常千人一二隱衣片暑餘習裸身力尚任驅遣入暮貪新涼當睡意已倦汝乃動大眾無聲勢潛爆初猶蠕蠕行使我毛孔顫纖皆躁而跳茵席棘芒椿將無恆苦饑今夕與豪醲醉飽漸無禮舞蹈作歡抃又疑羣小聚得食怒交戰爭先一嚙嘗膚革攢著箭我謀生致之將髮當墨練平縛數十頭帳下

示嚴譴手拙難捷獲摸索暗中徧呼鐙瞬纔停躍去速於電幾回誤竪指遺糞衾上線逋誅了無蹤藏身黠甚便似畏齒牙摩報以血花濺幸汝留餘地未渠破吾面脛股肩背閒頑軀恣齧嚙與汝姑調停忍痛再一餞且去我欲眠無爲久遲戀況蟲類萬千一才技擅或頗吞螫人以人爲鼎膳亦各理人病而汝不中選抱此塵芥形鑽處即奧援時時入人幕至竟孰鄉眷數典辨汝族苦問腹中卷蚑行瓬語儔美名儘可羨汝復匙道及可知賊品賤我雖笑罵汝爲汝作佳傳

秋夜小步逕上待月

獨傍漁燈自在行星河斜轉月初生破橋潮急野花亂荒驛

露多秋樹明珠玉難酬新雨價蒓鱸虛重此鄉名四邊蟲語喧人耳只有南棲鵲禁聲

落梧曲寄蔡紫函　琳

落梧復落梧又直秋風初秋風不可說但說梧葉揺梧葉神太清秋風驕有聲梧葉性太直秋風怒有力梧葉不辭柯奈此秋風何秋風本寒信梧葉亦何恨恨負春風心吹出如雲陰春風底事早惟願成陰好陰成是落時春風不如遲難道春風錯梧葉自命薄況當春前花便引鳳作家鳳來棲未定梧葉秋先病破盡青青錢飄零天海邊春風慮過此梧葉眞悔死翻添春風愁難轉今年秋今年秋冷酷明年何處綠梧

葉聲暗吞敢乞當時恩春風最相惜定知顦顇色回頭謝春風合種紅蓼紅梧葉在塵土祇共春風語

代書詩一百韻寄丹陽束季符 允泰

別君芍藥風春盡月在余悤悤秋巳半白露凋紅蕖宵夢頻見君中僅一寄書作書寄君時軍聲靜如初其後屢駭聽告敗紛馳驅一將急韡刀長眠無遠慮一將蟻潰隄至竟先籌疏兩郡添劫灰仰天禍孰紓此賊慘非人以人爲醢菹我昔陷黑獄變相覩見諸比聞賊過處橫驅斷雞豬曲阿雖瓦全要是賊唾餘君有妻子女豈免移僻墟子韓亦家累與君蹙負驢遙想呼驚魂奪步趨崎嶇相從南山南遠去賊所陆休

問溪種桃可能屋隱蔺君定急衣食仍曳軍門裾盡日俯捉筆醜疾將籧篨令公喜怒者近巳歸里閭無復蠅吐污或當鶴益精君體癖若疥苓朮常宜茹無爲壅遏之轉以肉養疽方暑得頻浴非種應畢鋤美酒蘭陵多曾否歡飲醵余在丹陽時君託疥戒飲凡此詢君語西望恆躊躇以我躊躇心知君復憶予請述行者難辱君聽何如我貧南枝棲盡室辭淮滁瓢忽一千里五萬錢舟車既來春申江循江賃敝廬樓居纔三椽臨街婦洗梳地溼足蝨蚤蝶睡嬉蘧蘧朝去入村市蒓鱸嗟虛譽姑覓一飽資薪米鹽醬蔬問價羞探囊物物奇貨居尤恨方言歧發聲牽軒渠極意學蠻語將進瞋趑趄曷爲遠道來彊

顔執人祛豈不念樂土避風師鶢鶋儻得數載留佳境期食藷此吾先世鄉雲仍還歸於余先世自華亭遷宛平再遷江寧詎知苦海波隨去舟逆挐皇天夏不雨溝港泥皆淤靑靑田中苗頓委雲葉滑彌月舞桑林禁及蝦鱓屠借押已有游閒民借名耦召勑翦草縛百龍麕集太守衙借押非時欲貸粟其狀狡甚狙若輩苟苦飢寒野覓橡櫧一旦聚爲盜篋恐白晝胠憂旱且未巳疫盛邪挾魑巫禨重舊俗譁若神言臚夾道盈香花繁唄鍾刓鏤借押我家祗三人次第符繫袽晨熱昏欲酗夜起欣涼蜡爨煙常不輿鮭菜歹乳蛆典我白布衾藥裏供嚼咀幾束肘後方待付鈔書胥即以二一者論眉顰安能舒魃尚不足詛魅

亦不足祛最憐猢猻王舌耕非菑畬我初坐經帷弟子前問
疋眉目好若畫比翼鳴鶡鴻性乃不好讀如臥時聞呿勸勉
術既窮下策威仗箠何期主人婦於意大齟齬謂師職孏母
技胡黔中驢遽代越俎庖使擁皋比虛本來下客飴冷炙無
完脹草具漸不飽驪歌此權輿尙欲曲彌縫陰竪降城旗傳
婢忽監軍屏後衣見練稍有不措意大聲雷震砠未辨呵罵
誰只合耳貫璙獄獄闉房雄有是摯者睢余雖靦然面客氣
久埽除爲師至於此豈復可忍與況彼翩翩兒藍田雙美瑀
坐廢無磨礱自問衡作礄昨已請絕交敬謝乏智謂明知廣
廈稀微命天植噓或者黃塵覓有地容病檮落魄亦意中竟

化枯肆魚滄溟方橫流愧弗樵而漁置身哀樂外庶幾老死徐頻年梗窮途淚積河可瀦不知葬鵑血何方茁茹藘得失原雞蟲譬之綦與樗獨悔燕雀忙營巢甘拮据此行太拙弄鑄錯奚補苴愁至無斷絕刀思借錕鋙與君託心知聊復陳欷歔勿爲外人道徒惹纓絕嗞昔別行色嚴方寸窘莫攄諾責償此詩非曰貢瑶琚藉題一尺扇冀君懷袖儲耐久毋棄捐情類漢婕妤和也謹再拜並詢君起居霜菊瞬戒寒努力慎璠璵

今夜

今夜欹吟枕高樓又冷些風嚴雄角語雨重瘦燈花漸老驚

多病長貧恨有家秋蟲亂人意不睡盼啞鴉

賦得親朋無一字八韻

豈不將書去而無惠我音未應眞決絕難道盡浮沈都有平生分期盟老死心別離猶各夢衰歇到如今縱或雲遷變何妨話淺深隨時仍盼望幾處費沈吟他日梅誰寄秋風酒自斟若爲酬一字還欲抵千金

蟻婚

方晨童聲譁蟻戰在晴塏何事徵者蟲外忿中弗餒孰陰伏而狙孰陽怒而駘我來壁上觀未覺鬬志倍但見羣蟻旋蠢聚階石磥不辨千與百作隊壘交彩依依塵土中其狀褻甚

猥自餘殊紛紜兩見熟視每以口欲問訊鬚舉想奉顏氣或
鍼芥投雙珠頻貫琲亦有寡合者往往止受給身近輒引去
形穢若恐浼猶復行勞勞冥求未肯怠最老數十蟻頭股肉
起蓄屹立常不移擬立意有待須臾解而散如罷戲傀儡居
然同穴歸徐上高樹瑰若果蟻決戰胡然若奏凱絕無野棄
尸戮力死矛鎧並髭毫毛創回步行折骸我心相然疑良久
笑而欲此實蟻婚耳日戰謬無乃上世巢燧前已閱幾千載
婚禮固未興獸行豈無罪羲媧兄妹說悖合誅以福聖人師
萬物有術陰主宰度與此蟻同葑菲聽自采事雖近草略怨
耦乃寡悔既各私室家何至士遷賄中古設禮防妁氏列寮

宋姬公書六官典尙皇邃匪不禁中春會許暫贈蘭莛宰相貴近情衢巷味調鼐後賢未深思道是葬歆改世近禮愈嚴女賤自媒隗大節必踰山名敎白日矔惟聞南荒苗小年對蟠鬆柳圈金寶璫衣羽競璨璀跳月桃花天日罔卜子亥意得期相從豔歌當聘綵亦此蟻者流然有古風在我今賦蟻婚讕言忽倒海倘與腐儒談語病索瘡痏將無責誨淫難破迂塊礌詎知蟻娛愁聊緩涕淚灌吾且欲語蟻不見蛟虬鯪取妻必生子防人持作醢蟻乎汝非戰民今戰方殆

八月十五夜作

我道今夕月衹是尋常明下界何所愛而以佳節名比屋忙

香花前席瓜果盈百拜齊當天如見常娥生吳娃妙梳洗鮮衣上街行叩門邀姊妹有地皆笑聲誰家好子弟打鼓還吹笙豔曲喧沸鼎巧與紅妝迎來往水中龍不夜疑春城大抵舉國狂亦自歡腸成秋涼逐殘暑稻熟病鬼平（今年諸郡邑皆歉於旱而婁田獨豐）小年各無事喜氣眉宇橫良時盛歌舞得意方爭鳴遂覺月十分此鄉如玉京我昔家青溪夫豈非人情每當今夕前與客先課晴月下長橋時嘗泛扁舟輕不復羨舉燭風露良遊清如今一葉命九死魂餘驚依人等肬贅血淚從誰傾乞援故人書一字無報瓊薄暮彊命酒未飲神已醒努力差健飯擁劍欣呼羹（蟛蜞雖不可食土人翦其螯之偏大者賣之味不減於蟹而食亦無毒）眾中

獨閉戶胸腹愁有兵不免意灰槁欲樂難支撐天憐此緒惡新雨來三更催起寒螿嘒伴我吟孤檠

秋蝨

灼艾焚蓮計總非新涼燈火尚依依老將謝世心逾毒熱慣因人口便肥坐待雙星投暗至夢回疏雨作聲飛翻憐團扇添餘寵巳是捐時更一揮

秋蠅

何聞何見去來時窗紙重鑽事可知落木天寒將弔汝食瓜人散更干誰幾多沸鼎趨宜慎爾許斜陽戀亦癡作盡縈聲都惡劇長吟蟋蟀自忘飢

解嘲

豈寶柱下言而欲學守雌蓮宗重忍辱亦自非吾師半生斷齗儒養氣尤自欺琴絃若動殺聲在長劍未馴夢捉之問卿何爲不男兒君不見仲孺屈意請蚡宴正平猶聞媚表詞其他忍淚事可知廁中胯下非難處只要饑寒失路時

蝗至

千里夏無雨江田未盡遲人猶期稻熟天又遣蝗知難緩神倉漕方增列竈師吳農竟何罪不在腐儒飢

庭前秋海棠甚盛五六月間傷於旱至九月初僅有三本作花者蝗墮地復蝕其一詩以弔之

小草天都忌孤芳似此休秋先桐葉病蟲當稻花讐漫擬春陰護纔知薄命愁尋常自開落已是幾生修

余所居樓後樹上多梟鳴初甚憎之今熟矣誌慨

日長愁絕惟思夜夜枕纔眠汝喚醒只覺此聲都未惡可知人語不堪聽

重陽

三年四處過重陽前年在泰州去年在全椒日禺中時突有賊警急走二十五里之北鄉其地已近滁州矣今年在松江身比南遷雁更忙貰酒從人說佳節看花何日歸故鄉樹雖如此春猶綠我欲不愁風太涼薄暮登樓望書信白雲秋草路茫茫

將去

不辭荆棘路吾意又天涯未煖羞移席常輸怯著棊去無餐菊處來是望梅時所得今何物吳中幾鬢絲

悲來

悲來難放酒顔紅長夜他鄉況雨風萬里音書鑾府外方作書寄雲南學使吳和甫師一家燈火雁聲中身如孤注翻愁病事已空城不說窮極意周防秋冷後更停老淚作飄蓬

九月二十四日以妻女去松江將復移江北是夕宿青浦

飢鴉成隊又西征知有江淮幾日程來事但憑風定葉此鄉

眞讓酒稱兵青浦西城之酒峻於松遠甚愈驚秋冷兼霜信欲問余愁在雨聲未用行更防暴客倘應瞋我舉家清吴淞江行舟近頻有盜警

舟中遇先祖慈忌日不能設祭感述

半年忍淚在人前寒雨吴淞又客船儻已知聞到泉下一時黃髮定悲憐

大風雨泊舟

風雨催天黑吴船早住橈村貧疏點火江飽怒推潮客意去方急秋陰寒更驕誰知此行苦妻女話中宵

次日風雨更甚舟不能發

何必兼風雨纔成行路難我應窮未至天更虐多端漸欲酒

錢吝空江方晝寒置身無是處前望意漫漫

五人墓

一死終驚奄騎還只今埋骨葛花閒墓旁皆蒔花者所居義風尙恐要
離愧後有梁鴻葬此山

舟次夜飲

頭已三年白身幾萬里遊客心當此夜世味賸孤舟風勁蟲
遲語霜深水暗流寒燈倚尊酒寄意送歸秋

壹弦集

余以丙辰十月應大興史懷甫保悠觀察之聘佐釐捐
局於常州明年丁巳移江北其七月又移東壩遂至己

未九月事在簿書錢穀之間日與駔儈吏胥爲伍風雅道隔身爲俗人蟲鳥之吟或雜自己則亦獨弦之哀歌也今寫自丙辰十月至己未冬赴杭州時所作詩凡二百有餘首曰壹弦集

停雲

停雲江水最東邊瓦礫爲衣棘作氊梟已改聲仍注彈駝原瘇背敢羞鞭但期白飯兼三口祇乞丹砂駐百年生意只今顢頇盡受人排遣得人憐

寄家信 時寄家斧牛鎭

尺書頻寄有吳航居不成家況異鄉人爲餘生常事錯天教

歧路值年荒神錢豈有歸飛處仙藥從無止淚方婦書來索藥裏備目疾百結愁腸來日遠酒邊枕上怕思量

江干步月

江天夜靜月華清秋盡銀河瘦不成何處微雲來點綴頓教人似夢中行

即事

天意驕時賊軍興七載餘積衰民亦虎多斂澤無魚事豈回瀾易人誰釀病初只今常痛哭休上賈生書

得家信寄丹陽東季符允泰十韻

雞鳴雨初霽有信到江干和夢披衣起擁衾忘曉寒數行章

急就細意幾回看道織流黃婢今猶困藥丸一家陳纊薄米貴欲停餐曾約將錢去遥憐筆尙乾少君雖健婦不解寄詩盤瑣屑頻傳語平生此友難況聞當打槳同畜淚芄蘭亦爲紅閨病見時都寡歡時季符亦將歸覲婦病

曉起

江鴉如沸過禪房時已傳餐澼沐忙宿雨放晴寒亦好新詩入夢醒都忘覓來蔥韭常無價落後楓柟尙有香煮酒攤書隨意坐睡魔重到竈觚旁

枕上

江蘋隨分滯飢鴻始信輕塵弱草同寒極不羞錢癖重愁眞

盡放綺懷空酒杯縮手秋花下詩筆傷心暮雨中賸有迷離禪榻夢一燈睡味雜苓通

夜泊口岸 泰興道中

艣聲澀處夜寒增闗吏樓頭獨有燈秋葉盡零難辨樹暮潮未落已成冰月華何物魚都愛風信明朝雁可憑客況愈孤吟自健且沽村酒放眉稜

常熟泊舟後得大順風夜發歸江陰 時移家江陰

入暮烏嘷引客程長年飽放布帆行樹難應接知風利潮況奔馳帶月生來日到家應可信窮途如願太無名天公定與鄰舟福不受虛空慰藉情

喜含山慶子華光亨來江陰見訪即以言別四詩

別後江南亂無家今四年昔之憂世語事竟在生前若論氣如虎都應魂化鵑兩人猶未死此見豈非天

何況書生志相期大將才但憑怒髮上亦可作風雷頻歲向天哭何人如汝哀橫胸兵甲在從不壯心灰

我已銷聲久甘埋萬古悲天涯餘幾輩能讀近年詩君至催沽酒酣歌似舊時舊時更狂態江上月曾知

可惜飢驅急明朝我又行茫茫江海路無此劇談聲有地籌軍國知君忘死生歲寒珍重意休以一身輕

小除日阻舟如皋之曲塘易車以行至泰州

風定冰全合扁舟滯海涯一年爭此日百里走單車歲儉無喧市居人自物華誰知急行客仍不是還家

戲題卷簾美人有調

花笑光陰絮舞時眼前重見此蛾眉近來恐有人瞋問金屋深深是阿誰

丁巳花朝有作

斷雲如墨雨如絲寒到花朝薄暮時江上更無春色在但青青處是楊枝

渡江口號

悔倩江神渡夢過近來塵汗赭如何服鹽自笑非騏騄爭食

誰知亦鶩鵝君輩才都居我上餘生恩只負人多男兒不是饑寒累鐵骨何由寸寸磨

山寺題壁

山寺無塵春有餘我從香國駐征車此生可注閒人福去擁名花補著書

花影

纔向樓山臨畫稿又從池鏡亞空枝月明花影無安頓何處人生不別離

陪某公夜讌坐中客有以數十律屬和者固辭不敏賦此見意

上頭賓客盡如虹授簡何堪命阿蒙豪氣敢稱蠻語熟虛名休數馬羣空未經仕宦才都退豈有窮愁句尚工水上百花花下月最無顏色對春風

戒梅三首

許棲烏鵲太關情珍重清標得豔名儘挾霜棱當路冷要垂月影向人明香留南國無多樹紅到春前是幾生止渴好酬他日願談何容易便調羹

遥知落處作錢聲一笑千金價肯輕可記春風暗中起纔回胥雪冷時生貯嬌幾遇林和靖獻媚從欺宋廣平已是百花頭上放後來桃李要留情

香影休彈豔曲成人前妝點可憐生賺誰吟趣教驢憊趁此交情放鶴清世外寒年無久夢江南好物只虛名孱妥如許飄零易試聽樓頭笛有聲

舟中送春

客路易中酒天涯況送春從來落花日不雨也愁人

落花

萬點殘紅謝故枝漫天帀地受風吹餘生菌溷都無恨恨是飄零未定時

偶得舊陶集讀之漫書

我欲方陶令書生更可憐看花誰有酒種秫況無田難諱閒

情賦長歌乞食篇窮愁兩無賴或附古人傳

送子元季符渡江

何處青山好結鄰天生吾輩與長貧逢人休更憑肝膽失路先宜絕笑顰錢外論交如古易酒邊惜別只誰真卜橋藥肆商量可隨分安排未死身

志感

長者難逃豎子疑洞明心事暗投時逢人躍冶金雖直信佛談經石尙癡水竟無魚終怨府市方有虎盡寃詞不須錯字從頭鑄前路揶揄鬼自知

舟中不寐

醉淺無酣夢吳船此夜長孤蟲初學語殘燭欲辭光兩意天遲曙潮聲海始涼銷魂不在別秋已斷人腸

蠅責

曰蠅女來前人畏女善讒我道女穢形發聲亦頗凡一字無分明向人惟詀詀清夢頻相干於意了不欣凡聞女聲者孰不驅逐嚴敢借撲滅勞累及婢手摻臂避毒蠚螫失色急脫衫何至信女蠱許女談席儳女主日下鳳高樹招賢繆詎無好羽毛隗始搜自嚴或苦語太直左右增史監逆耳屢不怡野性疑麏麚女以此時進禪悅師妖獮罔學小魚鰋但附雙燕諵女主喜女馴吐飯握髮髩降心受諛詞古樂欽韶咸置

女獨坐榻青金雕紅蜮女居神欲癡眠起需扶攙啖女天廚
珍萬錢醫女饞女食飽欲死那復名酸鹹漸覺味飲醇與女
通至誠漸覺漆投膠與女商民碞女遂翹凍足陰附驥尾驅
倘恐賢星多一網同埽欃有如歲寒松豈是垂癭杉自女呻
吟之松乃遭鋤芟有如連城璧豈是含瑕瑊自女揶揄之譬
乃經削劖能使無價寶著糞涴有玼能使記事珠圓光破難
嵌青天白日中平地成巉巖女謂工蜮射藏身恃重巖可知
怪哉蟲百齒胥女銜莫笑援劍拙誰乏錐與鑱一朝制女命
女魂非兔毚女殄猶乳朋鵝鸛不女鴿只合投溷中而以丸
泥槭女今戴二天方順風揚帆雷霆縱在旁女口亦弗緘我

將寄藥石咄咄常空函我似寒蟬瘖自有叢桂邑

題永道士壁

暫依香火亦因緣何處桃花是洞天許我登樓看秋月不妨有酒學神仙

驅蝗行

紅日上天天不明四邊但有驅蝗聲蝗飛如風落如雨一落平疇便焦土此時稻綠未可收蝗乎欲奪吳農秋吳農驚望面灰死老人攜杖病夫起姑嫂兄弟男女童大家奔走蝗當中流汗絕誓半瘖瘂或擊豐銅捶大瓦肩旗手帚列炬星一心但祝蝗勿停蝗自不聞亦不見隨意東呑復西嚥誰家田

上一稻無寡婦道旁淚眼枯吁嗟女蝗計太毒再遲十日稻已熟去年江南夏雨愆秋雨未晚仍豐年黃穋將登女蝗至拾女唾餘米大貴今年暘雨幸及時幺禾女又睥睨之一朝女若食禾盡萬井無煙女眞忍況女蝗自賊中來女口胡不向賊開齧賊心肝固佳事即斷賊糧功亦偉渡江乃獨讐吾民灰燼餘生天豈瞋蝗女何愚助天虐驅蝗更愚逆天作

始得家信知祇女病瘧

書言嬌女病病是早秋時秋半書方到天涯愁已遲遙知費調護阿母幾顰眉辛苦飢寒外還酬藥裹資

八月十五夜無月寓樓獨飲不復成醉率爾有詠四首

萬頃愁雲暮更濃雨聲如吼亂嗁蛩書生也欲呼明月未必
嫦娥畏劍鋒

我方落魄鬼爲鄰何處清遊可寄身愁極翻疑天有意要將
月照不愁人

紅燭雙行黯黯煙遥知妻女拜當天天涯別有人瞋說眞箇
今宵月不圓余與朶雲別時戲約中秋日若不渡江則是夜必無月

孤館論文定不羣縱教無月酒都醺平生我已禁貧病獨恨
狂難到此君謂子元時客丹陽

十七夜見月有懷

小飲夜已深翦燭忽見月開門試起舞新寒中毛髮昂頭呼

青天我是鐵鍊骨閑置雖如囚狂氣未銷歇豈有惡風露獨降愁城罰此時萬戶眠寂寞玉一窟茫茫千里中誰更清興發或者翠袖人臨江冰羅韈方恨月出遲圓光略凹凸我有禿筆鋒願補鏡中闕得修嫦娥眉畫空胡咄咄

飲酒

飲酒亦何趣宵深必舉杯終朝況愁絕此際獨顏開爲遣吟懷出還牽睡味來醉餘尤耐冷豈不是奇才

連日大風雨聞農家者言憫之

日者蝗之來如雨勢難遏青青田中禾敢望虎口脫眞雨何處生天似蝗命奪方欲酬香花百拜喜著穟詎期施淫霖雲

黑寸髭豁連朝更狂飈垂水海樣闊老農往循隴氣盡泣而喝若再三日陰稻爛不煩割前年秋有兵地供賊芻秣去秋兵旱蝗幾滅土一撮今年耕差安秋成慰飢渴蝗乃陰伺之呵逐口流沫雨又乘其虛虐且過旱魃含寃欲問天理直聲咄咄天乎此何意欲殺民則殺吾米蝗所留牙慧等毫末縱得全家飽能多幾時活

不寐望月

睡更披衣起詩狂與酒顛樓高風有力水遠月如煙夢在蟲喧外愁生葉落邊人將秋共老寒趣又今年

寒夜

寒夜倚高樓天陰作暮秋戍燈含殺氣村梵挾淫謳鴻去知
風力星移覺水流客懷應怯睡此際尚忘愁

米

洛京屑越豈相宜莫笑貧家數後炊史筆尚難輕市直賊符
何怪久詅癡倉稊身已同泡影囊粟心原謝飽飢一飯可知
恩太重年來爲汝不男兒

鹽

糝白霏紅水亦腴淡交滋味竟糊塗儘添銅臭千家可能作
梅酸一事無困驥居然傲英物引羊畢竟媚淫奴愁余舊學
荒蕪甚賦海遺忘詠雪麤

酒

何必論交我輩私輿酣愁死一中之守文丞相留賓日失路
英雄近婦時得此能忘天下事有誰敢作謫仙詩最憐成敗
因人處名聖名狂兩不辭

肉

平生鮭菜未全非每聽轑羹淚暗揮豈有大夫謀國鄙何妨
從者食言肥炙原可欲人偏賤糜果能分世不饑多少屠門
豪嚼者一心說士坐中稀

夜坐

坐久酒都盡天寒夜四更短檠無火意遙柝有霜聲怯睡中

年味尋吟獨客情樓居愁似海未必便長生

客中除夕

辛酸今歲盡獨客黯銷魂四顧無前路春風古寺門此生空老大與酒度朝昏閉殺著書手傷心誰與論

戊午上元夕抵家

船對潮行去艙遲到家巳是月高時迎門兒女先調笑錯過春燈酒一巵

村話圖

頓覺干戈遠清涼滿目前歸來種桃地笑倒釀桑天我有千秋話今無二頃田結鄰向風月此事是何年

村外小步

雨後春光繡不如四邊新綠繞山居無花老樹知多少桃杏詞人不道渠

卽事

蒙頭衲被意如灰儘好山春眼倦開花底雨餘誰試笛引回殘夢過江來

飲酒

幾時洗面淚珠乾多難長貧意彊寬儒匄有年於老近樵漁無地得生難一家餘燼期雖立四海橫流仗鋏彈不是酒杯渾作達爲曾設想便心寒

選錢

飢棲無擇枝留滯釐捐局背童課錙銖管鑰命吾屬借問近何事阿堵伴食宿比貧兒暴富十萬塞破屋噤口欲不言銅臭名已俗起來呼錢神汝今亦識僕雖無用汝權生平此眼福不留耐久交討短眞碌碌聞汝有古香往往土花簇昔賢矜多藏罔諱癖之酷我試選奇尤聊當訂譜錄脫貫聲瑲然文字燦盈掬大都周秦間惟餘半兩獨由漢迄六朝五銖略可讀如濞通者流亦莫辨誰孰新莽所創鑄萬一復謀目固皆巨手篆倉籀筆匙曲要是尋常物見重等荒穀豈無品上上寶貴敵珠玉（謂如銖銖五五二銖四銖之屬）何人期瓦全與劍埋在獄日

久蚨血枯氣斂胥漢燭抑聚於所好已韞誰家櫝鐘鼎方追
隨更不司販鬻我姑登下幣藉塞鄙人欲其次唐庫蝶隸若
深刻木月予彎其陰或著地洛蜀十分完好者鏡光尙新沐
況聞中醫方折骨每能續積之多益善蒯緱漸駢束當年張
鷟文想見聲價足否則李杜仙曾買酒十斛宋錢遺最夥十
可得五六四體何紛繁鋒棱妙伸縮金元錢頗希享國本較
促摩挱偶有得楷必歐虞肅金元錢有用其國書者今尙可得其範較大不在日用常行錢
中故略之獨怪前明時一統擴皇纖今裁數百載天胡奪之速中
間七紀元竟乏一錢贖惠宗之建文仁宗之洪熙英宗之正統天順景帝之景泰憲宗之成化武
宗之正德錢俱無一見者建文景泰正縱云銷燬易駔儈手
德骨董家或售之然皆贗作無眞品也

常壽詎無漏網魚乃似覆蕉鹿其餘諸帝號圓相見粗熟質
皆輕且薄書尤拙而禿一代制作疏於斯卽可卜蓋自宋以
來取一汰其復至若環海外夷醜越荒服以及草竊徒僞號
日妄逐各有鑪炭工煮字酬菽粟勿庸論點畫都自堅好肉
（借押）濁流未盡投大是良金辱我亦披揀之臚列鼎姦族凡諸
劫後灰俱我纏腰蓄敢謂驥空羣翻憐騤滿腹纍纍此晨星
幾閱人歌哭自今看吾囊替洗客顏恧寶山不空回債臺欲
緩築奈學姹女數指爪徧青綠愁城頭屢低春寒手恐瘃將
無窮鬼謝雙目暗中魘差幸官家錢書生貨非黷門前賓朋
來未用身障簏

欲起

欲起仍眠戀宿酲禁煙時節易天明還家亂夢鐘催斷隔夜殘詩雨補成桃李此鄉應笑客江湖何日且休兵餘生又伴青春老願聽鶗鴂不聽鶯

客味

一花今未見已過尾春時客味寂如此日來愁可知靜聞流水語閒識遠山眉何處容消酒黃昏雨最宜

送陸子岷鏵江入都就縣令銓

五年師友至親如縱直離羣意肯疏夢裏江湖同識路病餘晨夕必傳書豈惟性命關文字常爲窮愁慮起居此後相思

應更甚不無消息滯鴻魚

爲想前途叱馭身從今名姓在黃塵古之循吏相期久家是淸門不厭貧此日榛蕪憐滿地他時麐鳳望斯人書生一事宜珍重衣狗羣情辨要眞

我巳中年朽蠹甘婆娑衰柳在江潭窮常送鬼渾無賴拙到爲傭亦不堪乞食人如遲老死種花地願近東南脫錐借箸非吾分尚欲書城一縱談

聞賊陷全椒感賦二首

此鄉眞瘠壤每意賊哀憐我尚欲枝寄今終難瓦全更無買山地安得洗兵年家　國平生淚臨江一黯然

甥舅半垂老新交幾友朋昔之受恩處酬報久無能生死知何若音書得未曾豈惟吾意苦兒女恨塡膺

蓮蓬人示子岷

辭根謝梗水流東人面何須刻太工與汝餘生共垂白憑誰得意自依紅當年詩句名初日到此衣塵拜下風身世萍蓬原不恨未應相戹一房中

再作有寄

細腰宜舞額宜蘸淺淡衣妝出水新獨抱苦心能幾輩常垂青眼只伊人絲牽別有銷魂處花落仍餘解語身曾是涉江親采過淩波消息問難眞

苦熱

檐短軒尤敞全收暑一樓有風宵不寐未日曉先愁膚剝頻驚蜨言徐欲喘牛近今何畏懼項背汗交流

還家

還家翻似客兒女一時喧亂閤囊常礙新支榻不溫縫裳促冬綫翦燭戀宵尊幾日聽江雨征帆又在門

別後寄內

家爲逆旅身爲客歸太艱難別太忙兒女憑卿好調理琴書隨我愈悲涼畏人常作厕中鼠寄地如看塞上羊何日漁樵忘患慮葛巾菅帶話殘陽

長夜

長夜宜遲睡寒天要薄醒況兼風雨苦繞樹戰秋聲樽酒貪書味吹燈雞一鳴客愁方欲起鄉夢已先成

九日

難得秋還霽何曾節不佳客蹤閒蕭寺黃葉只盈階無可看山處看花約更乖淚從詩句畜憂待酒杯埋

題丹徒張耕農治詩稿

杜陵秋病半吟魔清福輸君得最多如此鳳鸞漂泊日一家詩句共消磨

滿目干戈近十年從軍羞著腐儒鞭酒杯賸有平生淚一讀

君詩一黯然

敢信人窮詩卷富由來詩亦有窮鄉年時綵筆荒蕪甚同病相憐乞食忙余久不言詩今讀君集亦自去年九月後作詩甚少蓋謀生計拙則心計亦麤也

感事效演雅體

果是師材叅亦宜看來驢技了無奇避螳有路終非計摧虺於君耍及時猴已得冠防狗瘈蟹方擁劍狎龍癡將鳩病鵲何恩怨所望鷹鸇一護持

不寐

秋盡蟲酸夜更遲異鄉霜鬢醒無聊靑燈影與詩酬答黃葉聲兼夢動搖野水天陰孤雁餧破樓人病大風驕爲貪薄醉

纔款枕不到愁消酒已消

花影長圓圖柬季符爲悼亡作也屬題

我聞天上花一開三千年雲霞擁護之花身卽神仙如何種下界壽命乃不堅春風吹未終飄零東君前將無優鉢曇一現留因緣老佛作狡獪香色無眞詮抑由塵網中愁苦恆無邊託根本空山不似藍田煙晴雨與寒溫幻境皆憂煎庭蘭仗慈陰生意了不全時鳥多悲哀同病尤相憐坐此相中傷埋玉成長眠遂令偶花人舊夢纏且牽含情命畫工欲奪造物權開時花如何仿彿生平妍所借花落時餘恨難爲傳可知解語非寸寸花魂蔫謂是花之影影在花棄捐舉酒欲酹

花未飲先酕然豈聞鴻都客扶花出黃泉但餘人間血滴地生杜鵑彩雲不常鮮明月不常圓瑤臺花又紅引君歡喜天余作詩時元相巳續柔之矣故調之

己未花朝由東壩之蘇州

幾夜春陰損月明花朝喜放十分晴樹痕未綠有生意風力尙寒非惡聲客夢乍隨啼鳥醒征帆盡對好山行近來酒興頹唐甚孤負汪倫送我情有人饋酒一甕未及飲載之而行

飲無錫惠山酒肆

勞勞在歧路家近不成歸獨客春愁有中年酒力非泉聲鳴宿雨花影占斜暉亦自閒行坐翻憐倦鳥飛

夜泊焦山口

江雲如秋疏於紗有意無意籠月華夜潮明明向西去此時
應到吾舊家舊家城郭不可見杯酒且酹鮫人槎眼前榴醋
自火發未是可意初春花

絶句四首

黃金買骨事何如逐電追風願已虛要作人間孫伯樂不如
留意到鹽車

花前夜夜月留賓今夜東風寂寞春任是朱門好池館落花
時節總無人

世言古物我無有我聞極北有雪山此山貼地一尺雪應是

盤古元年寒

自有陰成果熟時東風不遺落花知落花抱盡傷心去只恨東風再到遲

別後寄張耕農四首

容易逢知己論交白首初曲原人和寡情豈市交如何意遣飛語於今感索居所欣肝膽在膠漆肯中疏

我豈能無過吟魔又酒魔客懷湖海重世態雨雲多幾輩能言鴨平生瘦背駝時宜渾不合奈此肚皮何

君亦嶢嶢者須防有缺時羣言方集矢一子易輸棊努力酬初願同心更有誰鹽車況歧路良驥可勝悲

阮籍停車日唐衢應舉年槐忙天已雪秫賤我無田心事寒蟬外音書落雁邊石交今鮑叔難諱口言錢

題長洲宋徽卿廣文先生澄江話舊圖四首

昔與二三子偕游鄒魯門豈惟商舊學常覺感深恩問字春燒燭論文夕命尊蓼莪詩廢後經帳尚餘溫先生前爲江甯學師歲己酉以憂去職

何意遭離亂干戈捲地來最憐吾黨士都是燼餘灰幾輩傭猶活無家別可哀遙聞杜陵廈迎擔徑頻開時避地蘇城者先生皆加意接之

香火因緣在春風如有私江東諸弟子重與主持之時尚馳

兵檄人難聚講帷　聖恩許僑試杖履幸追隨（先生再補江甯縣學未履任今送諸生應試杭州）長者情親甚重招舊屐裙觀潮向東海指日話青雲（先生別有觀潮圖爲吾黨勖也）所愧才名老難酬望眼殷惟憑新菊釀常誦百年芬（今年重陽日爲先生六十壽）

吳江道中

半老菱花半醉楓湖山眞比畫圖工那堪到處逢煙雨十日吳船似夢中

送史秋舲（寶佸）之粵東兼示子岷

與君小別經三載乍見各驚塵面改一夕清尊萬里遊君之

此行南到海南海不在青天涯燕趙會有同飛時所嗟雙鬢易爲老相思但願相逢早況君此行非得意世味寒溫近來飽故鄉雖在今難歸歧路帆輪皆草草我亦失水如窮鱗江湖空闊依無人化龍不成意中事方就浙江僑試簫聲知逐誰邊塵忍淚從君一揮手何年眞結桃源鄰余與秋舲屢有結桃源鄰之約終不得果桃源幻境不可得家累尚非息肩日平生意氣嘗死灰彼此男兒須努力羅浮梅花開待君陸郎循聲方爾雲子岷爲龍門令爲余枯菀若垂訊憑君一語通知聞

題澄之吳淞歸櫂圖

頗欲寄聲訊海濱嘗久居西湖今一見君有思歸圖蒓鱸非

所戀此意不欺余與覓停舟處桃源世有無

題楊樸庵長年補夢圖四首

五百年中卧榻寬幾人醒後說悲歡羅浮太褻邯鄲俗句引書生一睡難

梅花小閣枕微波似隔紅牆正按歌定是前生消受地再來還賸月明多

吟魂偷入大羅天親見紅厓散髮眠自是下方人不到青霄畢竟有神仙

先生此境可尋無底費名山補畫圖好夢可憐都散失獨留醒眼看榛蕪

西湖酒家題壁

老去名心盡後才敢將馬骨問燕臺此行不是欺人語半爲西湖買醉來

西湖雜詩六首

一桁殘陽五柳居只今宋嫂重羹魚銷金鍋裏無眞味獨有黃虀淡不如

去天尺五文瀾閣尙有平生未見書潤州江水揚州月無復神仙飽蠹魚

安得軍聲似背嵬岳王墳上屢徘徊一錢試學人磨洗袖得青天霹靂回相傳於岳墳前輙石上磨錢佩之能辟邪

拜罷于公墳側坐不須尋夢更句留科名萬一非非想我輩
先從夢裡遊
欲澆杯酒意先酣蘇小墳前香一龕昨過吳閶門外水落花
無處弔黃三
至今人語應空山白鶴當時想往還身到林逋高臥處吟魂
已不似人閒

杭州送子元季符歸丹陽二首

科名亦何貴所爲客恆飢又作青雲想能無白手悲文章無
是處或者淚乾時努力望同學何須我得之
邇日頗不健中年方自傷何知二三子如我更頹唐一切閒

哀樂窮途殊未央相期重身命此別太回腸時二君皆病

西湖歸舟偶成

嚴城鼓角催歸急湖上人家一宿難初日芙蓉柳梢月可憐都付阿誰看

十二月十五夜無月漫成

雲意沈沈雨意新燭邊無語酒邊瞋再圓已是明年月不解孀娥向避人

來雲閣詩卷三終

來雲閣詩卷四

上元金和亞匏

南棲集

咸豐十年之閏三月金陵大營再潰不數月而吳會賊蹤幾徧東南之䧟於是乎極余於其時盡室由江陰渡江一寓於靖江再寓於如皋又渡吳淞江取道滬上然後航海至粤東止焉初佐陸子岷鍾江大令於端廣二郡子岷逝世遂佐長白鳳安五林觀察潮州前後七八年間凡若簿書期會之煩刑獄榷筭之瑣椎埋烽燧之警侏㒧責讓之擾俱於幕府焉責之感在知己所不敢

辭則日巳昃而未食雞數鳴而後寢者蓋往往有焉文章之事東之高閣而已然猶以其聞見所及製爲粵風粵雅二百餘篇又先後懷人詩七十章草稿皆在牘背未遑掇拾丁卯東歸之前數日家人輩以爲皆廢牘也而拉雜摧燒之於藏拙之義甚當而歌泣已渺不可追然則祖龍之燄虐矣顧任生遊迹以粵東爲至遠屐齒之所及未可廢也其未至粵以前及在粵餘詩敗鱗殘爪間有存者輒復寫之爲南棲集

將避兵之江北感賦

十年離亂久已似不知兵賊熾乃今日吾行亦北征皇天雪

何意閏三月十五日立夏大雨雪以風鍾山大營礮火皆反擊遂立潰上將敗無名張殿臣副帥孤軍保丹陽諸將無援者戰失利竟死之滿目皆餘燼連江一哭聲

渡江

柴門回首即天涯暮雨霏微去艇斜六郡鼓鼙誰逐賊十年書劍幾傾家夜深雞警連江火春盡鵑悲滿地花此岸即今行不得驚魂何處定風沙江干無賴子弟假還賊名呵禁行客椎埋剽掠無地無之

此鄉

何處桃源許問津此鄉草草寄吟身瞋魚有意不容物羞菜無言常畏人行客漫勞談姓字窮途敢信仗交親可憐忍盡唐衢淚倘費金錢幾買鄰

殺運

殺運至此極天甯不好生有時能悔禍誰謂竟如醒所望人心古天心怒一平諸君倘厭亂方寸試重耕

小草

牆陰小草古無名瑟瑟黃花入夏晴曾有何人問開落雨恩風怨自平生

自謿

觸熱頻干渴睡人煩聲誰聽止逢瞋平生冷笑癡蠅慣頭白何知一效顰

夜泊斜橋

小泊横江口長年醉不行稻花秋影合蘆葉晚涼生風在煙無力潮來月有聲鄰船齊夜話鄉語獨分明

秋暮聞蟬

滿地秋心獨自悲一蟬遥在最高枝此君差勝歸飛燕尚與愁人話片時

感事

千里聲聞競鼓鼙諸公麟閣有階梯大官青鬢垂貂尾長路黄金壓馬蹏儘許起家如海濶相期殺賊與山齊誰知士雅平生志止出南塘不聽雞

閒居八韻

時事艱難日虛生愧腐儒閒居乃吾分敢復泣窮途所苦調飢甚年豐米似珠吹簫瀆人聽叩一門無况與鳩分拙未能從釣屠平生識字誤搖落此江湖豈之諸同學金多客氣麤妻孥終寡識方笑僕非夫

客味

荒江秋盡雨風頻鴻雁聲酸客味辛婦毀笄衿憂世亂兒餅黎栗識家貧今年多病寒偏早盡夜常醒老漸眞天遺餘生成酷罰絕交盡敢怨時人

不寐

油燈漸放月華明涼夕遲眠又五更冷眼電張憐鼠技壯心

灰冷怯雞聲寄生始信錢爲命惜死甘辭酒不名一事未全忘結習枕邊時喜小詩成

自我

自我輕離亂途窮未盡窮卽今飢欲死歌哭漸無功有未絕交者相憐病乃同春風滿江海何處止飄蓬

陸子岷鍾江書來招遊粵東感賦

許我浮家去何辭萬里遊從來滄海水有意渡閒鷗止自驚衰朽交情未易酬尺書珍重語時輩讀應羞

史秋舲寶田亦附書勸行卽題其後

勸作南飛鶴深交骨肉看從今寄生死不但策飢寒燈下全

家感天涯此語難年來雙眼淚今夕爲君彈

贈嘉興張龍門以莊秀才

湖海聞名久相逢今路歧有家同梗泛無淚爲花垂竟不窮愁死都非少壯時飢鷗易爲飽心事鬢毛知

與孫瀓之文川話別揚州

塵土飄零久勞勞共此生艱難得歡聚離亂見交情春色自桃柳此鄉無燕鶯南枝余有夢明日別君行

如皋遇陳月舟鑑上舍卽以贈別四首

如我長貧賤生來毛羽單中年更平聲喪亂無地避飢寒君以多財重時方熱眼看何期生意盡晨夕大艱難

昔所解推者原難責報深但論天位置未免太寒心斗水留
餘潤能償淚滿襟誰憐捫蝨手曾散萬黃金
豈爲嵇生懶臣髡辯更雄鬼神怒我輩罰以兩奇窮要是酒
徒病他無媿可攻腰纏十萬貫何事福諸公
至竟歸何處甯無續命湯鬢絲看日甚妻子劇悲涼一飽憑
孤注相期萬里長時君將北上余亦有粤東之行壯心如此盡歧路幾商量

秋柳

幾夕金風戰綠楊垂垂病葉已全黃憐渠未到飄零甚猶爲
旁人障夕陽

將之粤東留別江南諸友

江南幾郡尙千里我立絕無盈尺階年來乞食牛馬走輭脚踏碎雙芒鞵故人笑聲達戶外破刺不敢輕出懷平生雖有縞紵雅高門詎納枯形骸固由世亂生計薄一錢流潤如江淮諸君心學亦銳進孟平往往初念乖豈無二三交耐久大氐貧賤吾之儕風雨尙頗通問訊但言蘖境無一佳其中不才我尤甚眼昏淚熱誰爲揩四顧茫茫尟長策方寸一簸當風簁儻竟忍死作株守六尺靜聽天安排柰我於世太齟齬天欲福我無根荄縱令學諂自今日甘以冠劍爲裙釵娥眉雜進方萬輩只恐舞袖邯鄲差借押何論腐儒習氣重頳面未免留斥厓狂名偶然入人耳怪物所至譏訶皆此從何處得

轉計乃期好夢來青槐徒馴野性同鎩鶴敢憑客氣師怒蛙
十日九飯常不飽妻子瘦削成羣豺老夫壯心既灰死更苦
秋病痔癘痎迺來龍鍾骨一束羣兒姍笑慙優俳隔江烽燧
況屢警吟魂終恐驚沙埋忽從天外落奇想寄聲遠至南海
涯陸郎官好儻憐我此君古道追黃嬀果然命我挾瑟往食
指並許全家偕譬諸九死奉赦紙字字如聽鸞鳳喈亦知萬
里道奇險身命本來籠寄蝸西人之舟發以火破浪差勝桴
與簰此行孤注仗一擲故鄉難戀好非鮭所惜良友分趙燕
何時更叩花前柴臨歧莫餉一瓻酒蘇晉久已眞長齋以後
相思累晨夕海鼇忙殺傳詩牌蛤蜊我非知味者風情甯向

珠江娃或如嵇含草木狀別寄一卷書齊諧

舟中見燐有作

江湖滿地賸干戈處處青燐照綠蘿不信夜臺如許火十年新鬼比人多

守風海門之圩角港

吾命飢驅老今爲萬里行十年鄉國夢一夜海潮聲亂世人風駿孱身客路生石尤眞惡劇秋冷更無情

吳淞訪友

秋雨吳江訪故知白楊新冢已纍纍九泉插腳應安穩不似人間有亂離

由吳淞江易舟渡黃歇浦至上海

六年前飲吳江水重與妻兒到此鄉全局江南餘片土幾家海市破天荒儘償石尉珊三尺誰乞東方粟一囊同是豪華四公子春申君本最尋常

上海晤徐生談近事感而有作

漫憑如願夢封侯徐福今歸海上舟風月蜃樓無管束干戈蟻穴有恩讐銀河水色添紅淚珠樹花枝照白頭我已年來愁萬斛不堪此夕爲伊愁

到廣州口號 辛酉臘月由上海航海至粵時上海又告警矣

劫火江湖徧桃源何處鄰此行方奪命吾意獨憂貧飯稻彌

天賤衣棉闊歲新若論溫飽事合作嶺南人

廣州除夕

金尊孤負荔枝香對酒先傾淚萬行佳節底干孤客事逢人偏要道勝常

壬戌清明作

夢逐揚州舊雁羣（去年清明余在揚州）孤飛聲影斷知聞紙窗過雨日猶溼塵榻無花藥自薰春盡我逢垂死病海濱誰買送窮文旅巢不及墦間甚多謝唐君義薄雲（時余遘病卧逆旅中同鄉人無過問者惟新交香山唐君應星獨一臨視且贈藥貲可感也）

余旣至粵陸子岷方任高明高明客民與土戶鬨七年

未罷子岷治軍江上余未遽赴而家屬與余先後發

上海者亦久未至不得不留會城待之窮病獨居人

境愴絕四首

等閒鳩鵲志喧爭七載居然不解兵且莫事從公是斷大都

人視　國威輕變州每苦綵多亂梟令方欣鐵有聲我愧鉛

刀鋒鈍絕避囂酣睡在春城

帆檣日日集如林底我移家直到今辜負交情甯左計孫澄之居

上海久余以家人附西人舟事託之越百餘日未至狐疑魂夢欲東尋甌吳兵火連天

遠壺嶠風波市地深料得身輕滄海者應憐擔盡一春心

百花紅樹滿城春萬里青天半死身海上釣鼇甯有路門前

題鳳更無人淚多醫不名何病金盡奴先變上賓偶一舉頭開睡眼山靈誰似我眉顰

鬢眉羞向鏡中看想見年時相更寒客氣盡銷生事少土音太差（去聲）解人難問名止敢稱雞肋求食常防遇馬肝學買癡獃似吳下衆中都作十分歡

病甚不寐鄰寓楚客歎輩夜有戲爲挽歌者哀苦動人悽然成詠

客或歌蒿里悲風生一庭茫茫九泉鬼此淚爲誰零月夕想殘醉人生感化萍何知老夫病獨對短燈聽

近況

近況不可說總之前日非路窮貪海遠身老聽春歸多病憶家切長貧入市稀從來無客過不用掩松扉

四月十一日家屬至粵三首

一家來喜甚乍見淚如潮隔歲別非久天涯魂屢消居閒寇氛惡行慮海風驕今夕共燈火餘生止倖邀

我病好將息頽唐不至斯只今身未健何事汝來遲捕蝨衣誰浣刲蛙竈自炊此時憶家苦白髮暗中知

盡室依人慣艱難到此行此行今已定所賴古交情我豈有他望天甯不厭兵何當生計遂歸買故山耕

史秋舲自佛山來會城見訪卽送歸楚兼呈長沙楊蓬

海恩壽明經三首

意外逢君一說愁銜杯難禁淚交流八千里外病垂死十二年來兵未休亂世詞人原腐鼠全家滄海伴飢鷗生平鐵骨歸何用天遣勞薪早白頭

鎩鸞如我愧虛生市駿期君振大名吏隱可從爲屈宋家聲相望在蓬瀛頻年歌哭雖同調歷劫文章更老成滿目青雲前路是他時車笠見交情

一枕潮聲又別離明朝啖荔各相思亦知天許夢中見未免人添去後悲努力秋風慰慈母傷心冬氣入吾詩此行再遇楊夫子爲道江淹才盡時君自楚來粵時蓬海明經聞余入粵極致傾慕之意余甚愧之

廣州城夜望

萬里天涯古越裳雲容莽莽日荒荒幾家王霸皆孤注未路河山每後亡海外有田三稻熟春前無雪百花香我來不爲歸裝富回首煙塵滿故鄉

高明道中

萬頃新秧一翦齊鱗鱗綠水養紅泥此中多少寃禽血芳草無言落日低時土客相鬬之兵退不逾月

漫成

敢言筆札似君卿苦海文章得失輕一事南來差可喜漸無人說舊才名

縣齋坐雨

一夜雨未止居人歡若雷海濱農事早此雨及時來尺土我無有從誰笑口開料應江水濶明日打舟回

珠江夜歸

船前船後榕花飛雙槳打潮潮滿衣十五盈盈柳條女夜深風露送人歸粵人呼垂髫女郎曰柳條仔

去年之赴粵東也遣嫁祇女而行今年閏八月因事暫歸江南祇女家數日復將還粵言别四首

昔之與汝别不敢說歸期何意首重聚一年今未遲路經海外險人較去時衰翦燭深深話歡顏豈敵悲

喜汝爲新婦賢聲徧里閭家風習貧賤顏色似當初汝母苦憶汝亦如汝憶渠得余親問訊勝寄百回書

欲說不忍說我先知汝心心傷我中歲百病底相侵所望加餐飯何時返舊林要看天位置答汝費沈吟

南還方甚急萬里海風催此見本意外我行姑勿哀但期兵火息雲日一時開夢裏家山在甯知不再來

倚裝再别祗女

歸鞍未冷又征鞍老淚如泉感百端翻悔此行多一見今年别較去年難

閏八月十四夜崇明海口阻風

身自炎荒至渾忘吳楚秋遙天一鴈過涼信落孤舟天上幾
明月故鄉今客遊誰憐衰病骨萬里逐閒鷗

過倚孃故居

前事不可說今來且看山老餘詩筆健病放酒杯閒花落蝶
何往池通潮又還茫茫兩心事一樣在人間

借舫坐月借舫者高明區氏園也時借子岷校歲試卷居此

香温茶熟此清宵暫可消愁且共消蝶大如衣爲橘繭水濃
如酒是椰瓢月華夜久壓人重花氣春深闌路驕止少舊時
攜手伴最高樓上一枝簫

黃牡丹奉和居珏夫人

苕華入道孕仙根儷白俳紅各斷魂塵土別饒春色豔綺羅
同讓國香尊應憐霜圃秋花瘦每認瑶臺夜月昏何似玉妃
初病起薄施梳洗倚宮門

廣州晤同鄉吴九帆湘明經出詩稿見示奉題

南來尤寂寂獨客敢論文况以傷心甚頽唐己十分與君數
晨夕吾意亦多欣一片寒陵石相看仍舊羣

冬柳四首和吴九帆

曾是長條踠地垂歲寒消息斷聞知冰霜浩劫延眉嫵湖海
新愁上鬢絲蟬噤本無眞翳葉鴉栖甯在舊棲枝謝孃較我
還癡甚雪下詩情尚爲伊

幾輩停杯話綠陰當時我最識鄉深瘦腰學舞羞當世傲骨支撑直到今偶對征鞭惟冷眼盡隨樵斧儻甘心染衣久巳無情緒葛帔人誰覓賞音

記得江南長短亭笛聲常在別離聽況拋金縷都埋土誰向冰天肯種星未死秋心應更苦再來春色不堪青風流如此成銷歇每見朱樓老淚零

移根我亦懺閒情陶令柴門掩不成萬里霜留疲馬迹一年風臏病鶯聲南枝幸傍梅花熱小草重逢臘鼓鳴回首江干同命樹獨貪寒趣愧餘生

花地舟次遇青溪舊人阿蓋

天涯誰顧曲衆裏自嫌身大海難爲水孤花不算春鄉音吾獨喜客路汝尤貧話到傷心處埋香又幾人

謁黃老相公祠 黃名安字定公別號石齋上元人明季諸生屢試不第走京師上書仍不遇最後佐潮陽令某君幕府崇禎甲申思宗殉國難事聞先生痛哭赴井死士人就井填土爲冢立龕祀之稱黃老相公祠有禱輒應

舊家同傍胭脂井兒女悲歡徒齒冷今來古井弔遺忠泰山豈與鴻毛等遺忠者誰黃先生少年獨步江東名學書學劍兩無用鞭馬一誓天上行天上何人虛左待威鳳無輝梟振采買山還仗賣文錢了了萍蹤落湖海潮陽令君方南來先生雄心老未灰替人小試種花手陽春所至歡如雷是時神

州已多事忽報京師賊大熾小草猶懸奉日心寃禽頓下思君淚先生痛哭訐高皇子孫乃以仁柔亡區區李闖亦毛賊誰令十載滔天狂一戰尚能憑熱血欲刃仇讐手無鐵王侯幾輩已生降日黑天昏對誰說吾儕若復惜此身再活百歲甯爲人清流十尺自埋骨殉君何必君之臣先生入井二百載井水雖枯井不改試開眢土與招魂儻有遺書心史在井水況有重來時味甘百倍今可知男兒意氣苦不重我汲此水一飲之

甲子四月十七日五林觀察招祀楊忠愍公生日於西園以坐客姓爲韻分得馬字

男兒不逢辰墮地泣聲啞塵網惡趣多身後名乃假我讀公年譜憂患中人也生平值初度受客賀必寡當朝有巨奸方傳百年辝達官作兒孫舞綵集華廈鞠䠋紛上壽罔惜折腰髁前席盈千金一開笑口哆苞苴物何來膏髓竭天下維公久震怒至性含石瓦一朝跳九閽白簡獨力寫義憤太學陳痛哭少年賈此奸若竟鋤萬歲聖人蝦斯民如更生童叟慶於舍借押豈但臣一人竊祿齒加馬不幸帝聽充謂金敢躍冶賜杖毒臣躬肉落毛髮搘囹圄待命久終以碧血灑臣之上書始肝膈早傾瀉不與奸俱生臣非畏死者一死雖鴻毛如火蛾自惹過去三百年生氣彌天且苟有血性人孰不淚盈

把蘸寢幸無事偷閒課銷夏借押以公懸弧期私祭比枌社知
公儉食單櫻筍代脯鮓瓣香上千雲垂虹燭雙炧敬陳短長
吟當誦梵般若公魂倘可招未用極垓野抑公再生天慎炙
命宮輮守愚易老壽尚直斯病瘕甯書絳亥字頭白汗顏赭
毋爲孟陬屈騷音附小雅

楊妃生日詩四首

連理雙飛誓後身漫從天寶說生辰三郎自有千秋節不是
今生共命人
爲想驪宮倒玉尊年年避暑有新恩一家生日無人管冷落
梅精最斷魂

自歸南內淚痕多未必斯辰忍按歌惟有羅衣揮手日荔枝應祭馬鬼坡

是否花魂死尚癡五雲深處最相思不知鈿盒傳言後再降人寰是幾時

大榕

不材君莫譏樗散幾載都成合抱柯身近青雲枝葉大濃陰方護路人多

夢月夜重遊筆架山歌

我昔初遊筆架山重巖絕巘窮躋攀夕陽滿天下山去山靈笑我眞癡頑夢中來呼渴睡老汝昨看山愛山好好山不向

月中看誰識此山天下少我歡躍起歡相迎山靈挈我隨之行騰地直上一千丈此山屹立如在不夜城九閽咫尺通帝京四邊寂靜無人聲舉頭不見團團月卻是廣寒舊宮闕萬戶千門無點塵珠斗銀潢共清絕此時姮娥露眞面雲錦衣裳飇紅電須臾放出大光明融結此山成一片山耶月耶兩不知浩浩長空亘秋練山靈語我此奇景除卻此山無處見此山南來第一眞洞天今作窮妻湯沐縣繞縣徧種丹桂花靈根來自海市鮫人槎云是結璘使者手贈春風芽此山樵童漁女一一皆以花爲家花開花落一十二萬載古樹今樹不斷香横斜偶然桂子月中墮當作瑤池靈藥可白兔誰聞

天上春青鸞自寄山中果人生得入此山遊仙籙何事更向佺鏗求此山一草一木一猿一鶴俱是不凡品而況餐煙吸露之靈修我心默默方然疑忽聞侍從傳語山靈知近來吳剛老病疲其屬八萬四千戶斤斧往往乖常儀一去蓬萊十日不復返聞其爛醉蒲桃新酒無醒時頃間同遊下方客落落冰玉無俗姿吳剛修月不稱職今後其人客代之山靈賀我促我頓首謝我有我志請畢今夕語我之學儒僅僅知謳詒我之學農僅僅習耕稼其他一切愚過移山公而況生平嬾同嵇叔夜塵世不願受羈勒天府何堪任驅駕幸爲更乞恩外恩曲恕草茅蟣蝨臣七寶樓臺非我事匠材別選甯無

人山靈對我長太息叱咤一聲如霹靂驚回春夢落河海依舊青燈閃蓬壁東窗指顧榑桑紅照見此山最上芙蓉峯

殺虎行爲香山徐生作

虎能食人人畏虎人能殺虎虎不武虎乎虎乎汝何來乃以我爲東道主前村一牛後村豚萬口同聲一時怒怒而不殺我不然汝若再來我殺汝相虎來路當路心掘爲一阱似井深磨刀三尺鐵可入夜夜持刀阱前立當虎十日未來時衆心疑虎能先知或勸罷休意弗許虎若不來我不去明夜月黑雲磬磬天昏夜曠魚更闌狂嘯一聲虎來矣人方假寐立驚起持刀覓虎學虎聲虎忽落阱如山傾便從阱上窺阱下

虎鬚戟張口箕哆見人一躍與阱齊人刀直前虎面犁平明縶虎虎不動權之凡五百斤重從此歡聲徧里鄰宵深露坐情話親一虎既殺百虎退童稚無譁雞犬馴乃知此本無難事人生勇怯分越秦君不見香海海濱殺虎處虎不食人今畏人

和鳳五林觀察潮州民團報成関伍元韻二首

舉旗萬家舞借箸一時籌好勇根天性從公急 國仇先聲寒賊膽衆志叶神謀我最驚禽慣今都釋杞憂

我公羊酒犒兵政更嚴明日與戈常照潮因弩不生此軍甯有敵彼賊況虛聲試聽金鐃奏 恩綸下鳳城

乙丑十二月二十一日左恪靖伯誅髮逆僞康王汪海洋於嘉應州城下收復郡城髮逆至是始滅鐃歌四首

上將威名古范韓先聲到處賊心寒雄師十萬長圍日早識窮魚漏網難

當時賊騎走湖湘幸賊哀憐此故鄉髮逆中粵東之人多於粵西初自粵西逸出時直走楚南固謂其不擾粵東也何意江東潰圍出一心來作嶺南王

鼓鼙閩嶠軍容壘樓櫓潯江戰血紅此日程鄉一星火居然降將是元功是日汪逆單騎出嘉應城有降人丁某識之走報大帥帥命萬人隨丁所指合圍而槍擊之良久始殪

盜弄潢池亦偶然誰令此賊勢滔天可憐拳大跳梁鼠也歷

三朝十五年

和張壽荃銑觀察西園漫興五首

公自田間至今爲海上霖神功方潤物佳興偶依林榕老逕

生趣蕉虛證道心此中忘世慮得意且高吟

幽禽遂人耳對語各忘機坐處憐荷靜行時妬蘚肥閒情風

皺水結習雨黏衣醒眼覓眞樂翻嫌蝶夢非

名園誰卜築嘉植惜多疏公以陽春手來翻種樹書歲寒三

益補榛穢一時鋤他日淸陰滿栽培力豈虛

吾黨二三子時從脫帽遊暮春此童冠韓水古風流舊價慙

非駿餘生幸有鳩自憐秋氣重不敢賦登樓

若論公幹濟林壑意何欣海國多盤錯神君重溺焚同仁無害馬斬亂亦慈雲招隱原餘事方宣繡斧勤

丁卯之春將歸金陵余今年五十矣作詩自訟兼以留別四首

昔年鄉井苦干戈滄海長征弔尉佗有命全家爲幸草不才平地幾驚波一聲老去思歸久萬里南來得病多到此男兒知世味千雲意氣劇消磨

天許韓山放酒杯寒時幾度遇春回執鞭方感羊公逝擁篲重逢鮑叔來龍是畫中甯俊物桐經爨後乃焦材訓知所愧

初心負綵筆無花劍有苔

七年噉荔客仍饑何事空裝嶺外歸驥志尚存姑北望梟音無改莫東飛孤懷違俗水投石結習累人花著衣傾海不堪書罪狀吳儂何日始知非

孤注難憑是此行燼灰休仗舊才名高樓我敢矜湖海大廈今誰數孟平痛哭文章歸老境亂離身世信虛生寄言青眼高歌者翁子餘年少宦情

拜鳳光祿祠告歸三首

我初在門下碌碌了無奇何意古愚疾翻叨國士知平生此意氣湖海幾瑕疵頭白炎荒外公前一吐之

公才大於海焉用豎儒爲止以虛師竹常如決待著忘形捫蝨處補過聽雞時報稱夫何有一心惟不欺

大星落地後吾道一時非曲少鍾期識春催杜宇歸千秋公竟往四海客無依峴首碑前拜傷心淚滿衣

鍾姬雲如澄海舊家女也流寓郡城年十五矣其母將嫁之而姬志在余遂挈之東歸喜賦八首

爲誰擔盡一春愁好事如今啖蔗頭奪得胭脂山到手書生眞不讓封侯

白璧微瑕衆鑠拚才名掃地筆頭乾千金三致尋常事止有佳人再得難

三五韶華肯錯過停裝解劍贖青蛾遙遙十載湖州約至竟司勛薄倖多

自是因緣證夙生癡人作夢苦營蠅風姨費盡横吹力花骨錚錚鐵鑄成

玉鏡臺前喜萬千傾心翻爲雪盈顛此君雙眼青於電誤盡窮兒是少年

萬里家山歸有時江南煙水夢先知芳魂癡過吟魂甚直爲多情死不辭

花下雙攜月下扶人間豔福勝蓬壺生生世世爲兄弟許仗慈悲佛力無姬來以四月八日

此行嶺海計仍非儀舌雖存朔腹饑一事傲人歌得寶片雲紅簇布帆歸

春夜

雨絲無力夜深晴一片春寒紙樣輕明月上牀人夢醒隔窗似有落花聲

來雲閣詩卷四終